유령들의 저녁 식사

이정섭

시인의 말

끝내는 아무것도 남아 있지 않을 것을 알기에, 지금 부는 저 바람이 오히려 고마워서, 벚꽃은 단숨에 진다. 그러므로 시간을 지지하는 이여, 더 이상 눈 붉히지 말자. 이 세계에 봄은 없는 계절. 파괴될 수밖에 없는, 부실한 판타지일 뿐.

이정섭

유령들의 저녁 식사

차례

3부 나쁜 병

4부 햇빛의 냄새

5부 환생 이후

발문

1부

화훼시장에는
나비가 없다

살구꽃 진다

 달빛처럼 살구꽃이 떨어졌다 소리 없는 달빛 속
에서 엄마는 칼을 갈았다 물살 바깥에서 부엌은 조
금씩 붉어졌다 먹물처럼 불빛이 번지고 점선보다 어
둠이 묽어졌을 때 숫돌을 딛고 파랗게 날이 선 엄마
의 꽃잎 물살을 흔들며 한 점씩 한 점씩 떨어졌다 소
리 없이 진다는 건 슬픈 말이다 아니 처절한 기록이
다 겨울의 그림자를 미처 지우지 못한 바람은 흰 송
곳니를 드러낸 채 발작하곤 했다 세차게 부엌을 휘
돌아 골목을 빠져나간 물살 물길을 열어 스스로 골
목 안으로 들어선 검푸른 세월 얼핏 기적 소리 뭉클
거렸을까 살구꽃이 일제히 불을 지폈다 낯선 한기는
아직 소문 없이 떠돌고 있었다 가라앉았다 떠오르
곤 하던 낡고 오래된 섬처럼 어떤 이는 살구꽃에서
주술을 길어 올리기도 하고 어떤 이는 연분홍 주름
에 담긴 한기를 넌지시 기억하기도 했지만 그 밤의
살구꽃은 퉁퉁 불어 쉽게 찢어지는 시간의 갈피였
다 분명한 건 엄마가 칼을 갈던 부엌과 안방 사이 안
방과 마당 사이 마당과 골목 사이 미세하고 완강한

살기가 곧잘 출몰하곤 했다는 사실

밸런타인데이

오늘 밤에는 발가락을 세어볼까요 안대를 한 한 낮을 걸어 도착한 지하에는 절름발이 저수지 눅눅한 계단을 내려가 문을 열면 익숙하게 몸을 감싸는 달의 백성들 가시지 않는 붓기가 거슬려서요 휘파람을 불어요 술래가 된 누나는 모두들 숨어 버린 정글의 식도를 헤매며 울고 있어요 새빨간 퓨마의 식욕이 날씬한 나이키의 이빨이 사지 늘어진 가로등의 숨통을 물고 지나가는 골목길 덜컹대는 창문 틈으로 누나는 어둑어둑한 발바닥을 자꾸 훔쳐보네요 아킬레스의 튼튼한 초콜릿을 떼어낼 면도날은 숨죽여서요 촛불을 켜요 눈깔사탕만 한 덩치를 가진 요정이 꿈속에서 말 거는 일 잦아졌어요 버성긴 꿈길마다 시럽처럼 달라붙는 고름을 털어내구요 요정의 향수로 목욕하는 일 즐거웠어요 착각일까요 울음을 업고 누나는 새 소꿉을 차렸어요 어깨끈 끊어진 종이옷이 자주 발목까지 흘러내려서요 어두운 백지에 그려진 지도를 되뇌곤 해요 산티아고 리마 부에노스아이레스 동화 속 마왕의 궁전보다 먼 서울 서울 서울 오늘 밤 발가락을 세어볼까요 초인종 없는 저수지 앞에서 나는 누나를 불러요 아무도 눈치채지 못하게 부르튼 발가락을 하나하나 세지요 산발한 우리가 건너야 할 계단은 여전히 청춘인데요 오돌토돌한 소꿉 사이로 맨드라미의 길 되짚어 아무도 보지 못하게 아무도 듣지 못하게 휘파람을 불어요 반지하 지수지는 곧 증발하겠죠 누나는 벌써 푹신한 안개를 덮고 잠들었어요 마왕의 궁전 부근 비탈에는 요정의 목소리 포근하구요 푸른 밤의 기척을 살펴 면도날은 꽃을 피워요 날을 세워요 요정의 침샘은 참 아늑한데요 달의 백성들마저 외면하는 오늘 밤에는 길 잃은 발가락을 세어볼까요 가늘게 떨고 있는 모가지의 흉터도 헤아릴까요 내 후각은 이미 신선한 피에 중독됐으니까요

그 나라

구름 건들거리고 처음 아이를 잉태했을 때 이웃에
서는 싸움이 한창이었다

보름달은 찌그러져 막 하현으로 전향하는 중이었
다 미닫이가 박살나고 밥상이 공중 부양을 했다 신
을 믿는 남자는 거룩한 신의 이름으로 여자의 머리
채를 휘어잡았다

늦은 봄날이었을 거다

죄 있는 자 먼저 주먹을 들지어니 사랑을 외치는 자 스스
로 몸 던질지어니

풀뿌리 뽑혀 나간 텃밭에는 자리공이 시절이었다

공중 부양한 밥상이 냄비와 밥그릇과 결별을 선언
한 후 결별이 잉태한 달빛들이 텃밭 근처로 하얀 나
신을 집어던졌다

아마 신선한 새벽이었을 거다

사랑으로 이룰 것 하나 없으니 주저 없이 칼을 뽑
았다

눈 감은 하늘은 어둠으로 위장한 한낮의 뒤에서
바야흐로 절정에 이른 스펙터클을 관람하는 중이었

다 첫 아이의 울음이 대문을 넘어 하늘의 머리맡을
지나 공동묘지로 날아가는 중이었다

거북이가 말하길

엄마가 준 공깃밥에는 공기가 없었어 얼굴에 아가
미만 가득했는데 공정한 규칙도 없는 허파라니 철들
기 전부터 바다 깊은 곳에는 꼬리 짧은 산토끼들의
탭댄스 눈부신 바람결 숨 막히는 심해의 기억을 기
어오르는 요령 소리 간격 넓은 파문 밖으로 밥공기
도 지느러미도 힘없는 부레도 집어 던지고 불현듯 골
목을 버린 엄마의 날 아빠의 칼춤은 더 눈이 매웠어
쉽게 부서지는 미닫이의 칼날은 무뎌서 허파꽈리 구
석에서는 가스 냄새만 솔솔 연탄의 힘을 빌려 아빠
의 칼춤 밑에서 기생하다가 산토끼의 흔적을 따라가
다가 몇 번을 쫓겨난 바다 다시 헤엄은 칠까 없는 이
름표로 숨 한 번 들이쉬고 바다는 깊을지 몰라 골목
은 처음부터 없었는지 몰라 엄마도 아빠도 공깃밥의
간격을 메울 까칠한 공기도 엄마가 준 공깃밥에는

유령들의 저녁 식사

오렌지 향 아래 너는 집요한 내일을 들려주었다

갓 데운 얼굴이 눈 붉혔지만 너의 혀와 나의 혀는 서로 다른 위도를 간 보곤 했다 항로가 궁금한 건 내가 아니라 나를 둘러싼 목소리였으므로 나는 버뮤다에 남겨진 이름이었으므로

상어의 지느러미를 베어 닿고자 했던 육지에서는 네가 사랑하는 향기와 나를 확인할 수 없는 시간

소문 홍건한 창밖을 의무감으로 들여다보았다 밤은 건조해지고

심해의 약속을 잊은 채 입 닦을 겨를 있었을까

검은 땅 근처 오렌지 향기가 닻을 내리는 순간 네가 내민 부드러운 목소리는 내일의 모사였을까

너는 믿지 않았지만 호우경보는 만삭의 공주를 섭취하는 것보다 익숙한 풍경이었으므로

나는 피로 물든 회전문 놀라운 백발을 풀어헤친

손 없는 혁명가

항로 밖으로 이어진 낡은 복도 끝 너는 상어 지느러미와 해저로 가라앉는 아이를 주문했다

갓 데운 얼굴이 집단 서식하는 어떤 왕국에서는 털 고운 나를 손쉽게 양념해 내가 없는 내일 어디쯤 둘러앉아 예의 바르게 시식하고는 했다 한 여자는 내 눈동자로 엮은 목걸이를 팽개치고 떠나고 다른 여자는 식탁을 둘러싼 구약을 뒤져 나의 정체를 수소문했다

낯선 식사가 무르익었다

소란하게 웃음 터진 건 핏줄 불거진 오른손이 떨기나무 속으로 사라질 무렵

웃음이 마르기 전 열쇠를 삼킨 이웃 남자는 새까만 목을 포기했고 십오층 옥상에서 신발을 벗은 아이들은 자유로운 관절을 비틀어 지상과의 충돌을 감행했다

식탁에 앉아 눈 붉힌 얼굴을 탐문하는 손님들 배부른 건 그들이었으므로 나는 적란운 근처를 떠도는 이름이었으므로

오렌지 향 아래 잠들면 당신과의 풋사랑 후에 차갑게 요리되어 나는

잠들면

미시적 결론

　여기 없는 아버지는 땀을 흘린다 여름 한낮을 적
시는 새치 몇 올과 러닝셔츠의 시간 밖으로 배출되
는 잉여들 자전거의 균형은 땀방울을 배반하지 않지
만 쏜살같이 등 뒤로 사라지는 동산 외과 성남 철물
점 푸른 사진관 절대로 먼저 손 내미는 법 없었던 자
전거의 목적지를 나는 모른다 아버지도 아마 상관하
지 않았을 것이다 그래서 네거리에 멈춰 선 자전거
는 전적으로 우연이었다 오른편 순댓집에서 당면이
많이 담긴 순대를 우연히 얻어먹었고 역시 우연히
아버지는 막걸리를 얻어 마셨다 노랗게 가라앉은 순
댓집에서 무척 지루한 표정으로 까까머리 아이들이
몰려나올 것만 같았다 공놀이는 그래서 진작부터
효용 없는 놀이였다 벽을 등지고 튀어나오는 탄성력
의 수치와 반응속도를 가늠하는 건 순전히 눈짐작
이었으니까 공과 벽 사이 무수한 공간에서 휘슬은
여전히 피부색 다른 나랑은 무관했고 자전거와도
무관했고 자전거 뒷자리를 휘돌아가는 바람의 의도
와도 무관했으니까 집에서 멀지 않은 곳 비구름으로

진화하는 도시의 열기가 가끔 메슥거렸을 뿐 러닝셔
츠가 얼룩덜룩 말라붙은 네거리 파출소를 돌아 잔
뜩 기울어진 모퉁이를 몰고 가는 자전거 거기 없는
아버지는 땀을 흘린다 그러므로 균형 잃은 아버지
의 땀내는 필연이다 새끼손가락을 흔드는 누군가의
입김처럼 완간되지 않는 자전거처럼 땀을 쏟는 페달
어디쯤 극사실주의의 숭배자는 메두사라는 증거들

어떤 족보

파리한 손목의 핏줄을 보면 그날 밤 가로등이 깜
박이던 까닭을 알겠다 까마귀는 밤마다 달빛을 주
워 삼키며 기침을 해댔고 검은 사냥개는 제 꼬리를
마구 물어뜯었다 보름달이 더운 피를 토하자 가로등
이 손목을 그었다 손목의 핏줄이 어떤 남자의 이름
보다 굵어질 즈음이었다 갈기갈기 찢긴 문자들이 애
벌레처럼 가로등을 기어올랐지만 그날 밤 보름달의
피는 멎지 않았다 한 여자가 왼 다리를 절며 먹구름
근처를 지나갈 뿐이었다 사냥꾼이 뒤쫓던 밤이 어쩌
다 내게서 달아났는지 가로등의 안부를 묻는 이는
아무도 없었다 다만 파리한 손목이 그날 밤 가로등
보다 어두워진 내 아버지의 아버지의 아버지*를 비
로소 묻어 버렸다

* 이상, 「오감도 - 시 제2호」

약 먹는 날

시험은 낼모레

졸음이 무거운 나는 잠 오지 않는 약을 먹고 배고
픈 쥐는 폐쇄적인 유전자 근처 파랗게 식은 보리밥
을 먹고 겨울보다 추운 비닐하우스

목이 마른 아빠는 투명한 유리병 속 출렁이는 절
망을 먹고

무릎 위 졸음을 앉혀놓고 나는 모호한 적분상수
를 찾아 서성이는데

눈밭 어딘가 눈곱 낀 눈 비비며 저 멀리

유기된 유전자처럼 비닐은 펄럭이고

화살촉 아스라한 Z축을 향해 아빠는 피리를 불며
피리를 불며 배만 불룩한 쥐 떼를 끌고 높고 높은 선
산 쪽으로 캄캄한 산그늘 쪽으로

적분되지 않는 오늘을 팔아 나도 피리를 불며 피
리를 불며 내일로 어제로 시린 발 동동 졸음도 좋아
불면도 좋아 피리 소리 들으며 피리 소리 부르며

가위눌린 화이트 크리스마스

싸락눈처럼 발은 풀리고 어질어질 아빠의 잠은 감

기고
　시험은 멀리 낼모레

스무고개

언제부터였나 저 사내

때 놓친 소파에서 졸고 있다 지금까지의 모든 아
침과 밤을 버무려 삼키려는 듯 고개 까닥이면서 부
르르 다리 떨기도 하면서 이따금 몸서리치면서

하루 치 생계를 찾아 눈 어두운 짐승들

퍼즐처럼 빠져나간 사이

무거운 정적을 지탱하지 못한 앞발은 툭

치미는 한낮 속으로 가라앉는데

발가락이 없다

정글에서 만난 호랑이, 떡 빼앗고 몸마저 빼앗았
는지 고개 너머 둥근 집까지 길 열어줄 의향도 없었
는지 한 고개 두 고개 험한 고갯마루

한동안의 꿈 한동안의 양지 속으로 먹구름 몰려
오는데

잠마저 빼앗긴 저 사내

천 원짜리 지폐처럼 무례하게 구겨진다 캄캄한 정
글 밖으로 곧

비 오실 찰나

인형의 집

세탁소에서는 밥 냄새가 나 너는 아니 참새가 전
선 사이를 가로지를 때 칼끝처럼 스치는 거 우리가
울던 담벼락 밑에는 민들레가 피기도 했지만 노상
방뇨하는 아저씨가 흔들리던 때 더 많았어 마귀할
멈은 자주 저녁을 깨뜨리곤 했단다 그래서 나는 학
교를 믿지 않았지 수도꼭지가 얼어붙는 날 많았거든
밤을 뒤척이는 하이힐 소리를 들으면 춤추고 싶어져
새소리를 삶아 길고양이와 나누고 싶어져 그런데 발
레리나에게 무대 밖은 어떤 나라일까 발꿈치를 들어
올린 우리가 주저앉을 때 소꿉놀이도 지겨워져서 종
이옷은 쉽게 찢어지고 철 지난 우리는 서로를 겨눠
바람을 즐긴 걸까 무대 밖은 캄캄하고 무대 안은 머
리채 잡아채는 아저씨들 고무줄이 늘어지거나 끊어
져야 어른이 되는 줄 알았는데 세탁소에서는 김치찌
개 냄새 신이 났는데 신데렐라는 어려서 우리는 온
종일 식은 연탄에 구운 손가락을 빨았단다 부서지
는 결말을 가진 이야기는 무섭지만 그거 아니 신데
렐라가 잃어버린 유리 구두는 왕자님이 훔쳐 간 얼

굴이라는 거 신데렐라의 거울 뒤에는 나이 어린 얼굴을 훔쳐 가는 도둑들 황금 극장이 있다는 거 수도꼭지가 자꾸 얼어붙어서 학교는 싫어 어깨끈 끊어진 종이옷을 걸치고 사실 난 얼굴이 없으니까 여기는 거울 안이니까 세탁소에서는 아직도 밥 냄새 반가우니까 전선 사이를 가로질러 참새는 날아가니까 우리가 울던 담벼락 밑에서 울음을 뒤집어쓴 민들레 질끈 밟으면 없는 무대도 없어지니까 식은 연탄불에도 지린내 나는 마귀할멈 집어넣을 불구멍은 많고 또 많으니까

2부

개나리가 묻다

꽃나무

　내가 얼마나 뜨거운지 아시나요 천 개의 불덩이
천 일의 화병火病 가지마다 내건 수많은 사랑이 실은
불장난이었다니요 어릿광대의 몸짓에 지나지 않았
다니요 그러고 보면 난 뜻을 빼앗긴 루시퍼였습니다
공중 곡예하는 봄날 새까맣게 일렁이는 꽃잎으로
몸을 씻으며 나는 달밤을 지새웁니다 흰 재 흩날리
는 당신의 발자국 단도처럼 옆구리를 저미는데 그런
밤마다 내가 얼마나 뜨거운지 스틱스 강을 건너 어
떻게 천국을 불태우는지 당신의 칼날이 닿은 가지마
다 도사린 화상을, 아시나요 가난한 나의 아침이 가
고 다시 돌아오는 아침마다 차갑게 피고 지는 사람
의 눈을 메두사의 뜨거운 갈증을

개나리가 묻다

긴 겨울 지나 나는, 죽었을까요, 살았을까요, 겨울과 겨울 사이 잠깐 눈 붙인 여인숙에 미량의 체취, 남았을까요, 밑줄 긋던 밤 지나고, 또박또박 침 발라 헤아리던 봄날은 왔는데요, 자생하는 들꽃은 상징이라는 새빨간 거짓말, 봄볕은 사실 죄다 아스팔트에 꽂히는 걸요, 곰팡내 깊은 여인숙 담요 아래 버려두고 온 겨울은 아직 꼬물거리는데요, 이렇게 샛노란 꽃, 피워도 되는 건지, 화냥기 없는 꽃 어디 있을까요, 나는 당신의 이름을 유혹하는 리틀 미스 노 네임, 나긋나긋 물기 오른 입술이, 갖고 싶지 않나요, 깍지 낀 당신과 나의 봄날, 침 흘리는 꽃가루를 받아, 내일이면, 저기, 우직하게 자라는 어둠의 습지 긴 빙하의 품안, 활짝 열린 짐승의 미래로, 뛰어들 우리, 나른한 관성 사이로 강은 흐르고, 아무튼, 짧은 봄 지나 당신은, 살았을까요, 죽었을까요

개미의 존재론

아무 날 하늘에서 내려온 외간남자는 허리끈 졸
라매는 허기와 갈증을 주고 왜 더듬이는 밟지 않는
지 사라진 높이 위에서 왜 사각거리는지 다리는 왜
여섯 개인지 나는 말 많은 사람이 싫어 세월 밖으로
나섰는데 냄새는 왜 하필 미쳐서 미친바람을 쫓아
쏘다니는지 냄새의 망령은 나머지 속옷마저 벗겨내
는지 (선 밖에도 점점이 선 선들) 직선을 좋아하는
외간남자는 자주 술에 취하고 자주 문을 부수고 나
는 긴 꼬리 끝에서 선을 따라 부지런히 기어가는데
더듬이를 잃고 도착한 평면의 끝 터널 건너편에서
들이치는 한 줄기, 나의 집, 선상線上에 지은 그늘을
벗어나 영양가 없는 세월을 훔쳐 외간남자는 하늘로
돌아가는데 외간남자의 체취를 따라 도막 난 점선마
저 멀어지는데 다리는 왜 여섯 개인지 쓸모없는 발
톱은 왜 서른 개인지

떠돌이 고양이의 봄

꿈을 꾸곤 해
당신의 기름진 목, 조르는 꿈, 당신의 발밑에서, 무
거워지는
꿈
내 심장을 뜯어 먹는, 당신의
오늘, 날마다
증발하는 유령처럼 목덜미 깊이 손톱자국
가까이 더 가까운 곳까지 쉼 없이 심장을 애무하는
목, 조르며, 혀를 뜯겨 먹히며
오르가슴을 향해 질주하는 나는, 부드러운 지붕 위
무거운 털을 내려놓고
느리게
목젖이 뛸 때마다
눈동자를 할퀴는, 시베리아, 청아한 날씨
살을 찢는 냉정한 표지 속에서, 당신과 나, 행복한 꿈
당신의 목을 삼키고, 시퍼렇게, 눈을 감는,
꿈

컨베이어벨트

두근대는 다리였다가 팔이었다가 잘 빚어진 몸통이었다가 꿰매고 또 꿰매서 아른아른 날개였다가 풍선처럼 부풀어오른 구름이었다가 감당 못 할 집중호우였다가 가뭄이었다가 꿰매고 또 꿰매서 봄날 살살 녹는 솜사탕이었다가 여자였다가 한껏 살랑대는 바람이었다가 꿈이었다가 꿰매고 또 꿰매서 아이 없이 배만 부른 달 불타는 망루였다가 까맣게 그을린 남자였다가 남자의 무너지는 등이었다가 그림자였다가 꿰매고 또 꿰매서 흉터 많은 땅이었다가 흙탕물 차오르는 반지하였다가 환하게 타올라 지하로 잠입하는 생애였다가 꿰매고 또 꿰매서 막힌 콧구멍 깊이 생기를 불어넣는 시절, 다시 두근대는 다리였다가 팔이었다가 말 잘 듣는 근육이었다가

그녀에 관한 독해

목숨을 만든 건 그러니까 떠도는 너의 소문이었다 다랑어를 안고 소금기 묵직한 침대를 유영하면서 너는 땀보다 먼저 다량의 소문을 흘리곤 했다 피뢰침의 거취가 궁금한 나는 버릇처럼 창문을 열었지만 너의 관심은 날카로운 후각을 가진 다랑어 다랑어를 다시고 난 침대에서의 오후 좁은 통로를 거슬러 반나절 아케론*까지 물길이 닿아서야 만나게 되는 밀월을 나의 세 치 목숨으로 표현할 수 있을까 소문은 주사위와 같아서 우산 없이 나누는 밤의 몽타주 어디에도 서툰 의미 따위는 함부로 접근하지 못했다 확신 없는 출생은 비밀도 아니라는 듯 곧 들이닥칠 미래도 확고한 셈법을 덧입은 듯 그러니까 너는 거칠게 비누 거품을 키워 표백제를 생산하는 셈이었다 사소한 조건도 없이 반듯하게 접은 허리를 밀린 오후로 내던지는 셈이었다 파도 소리가 가끔 침대를 적시기도 했지만 하얗게 말라붙은 너를 긁어내면서 급정거하는 자동차의 발작과 한 사람의 비명을 듣기도 했지만 고통은 현재를 예인하는 성감대이므로 우리는 디케의 안대를 풀어헤치듯 서로의 통증을 새겨주었다 오, 그 소박한 육질, 비누 거품은 불티나게 팔려나가고 소금기 가신 침대 위 외설스런 침묵 후에 유전되는 단 하나의 체위, 눈 맞추지 말자 우리, 너는 간결하게 결론 내릴 수 없는 기록이므로 근거 없는 물결이므로 그러니까 우리가 만든 다랑어의 바다 따위 포장할 목숨조차 존재하지 않는 소문이므로

*슬픔의 강

뱀파이어와의 인터뷰[*]

마흔여덟 번째 주머니에 숨은 입김이 그리워
밤마다 창문을 두드리네
눈 날리는 사람들의 나라 뒤돌아서 수군거리는
가면의 도시 핏줄 불거진 목을 깨물면
나는 나비가 된다네
강 건너 어깨를 벗는 어둠을 지나 시험에 든 어린
시절 골목으로 날아가 한 움큼 밀 이삭을 건네는 수
줍은 소녀와 저주를 퍼붓는 신부의 중세로 날아가
돌에 맞아 피 흘리는 여인과 은화 삼십 냥에 목을
맨 유다 조롱을 끌어당겨 몸 감추는 광야로 날아가
분노의 숨결 일렁이는 혼돈으로 날아가
말씀이 있기 전 몸이 아직 바람이었을 때 완전한
그리움이었을 때
너는 빛보다 아름다운 어둠 나는 어둠의 젖을 빠
는 티끌
서럽게 입 맞추지 못해서 용서받지 못해서
아직도 나는 창백한 송곳니를 갈면서 살아야 한
다

거울 등지고 눈발처럼 휘날리는 머리 아흔 번째
심장 두근거리는 체온이 쓸쓸해
　관 속의 잠과 함께 건너온 세월
　사람의 자리를 박차고 내려온 나는 너라는 유령
　눈은 외롭게 흔들리는데 눈은 내리고 네 눈은 너
무 시려서 차마 열 수 없어서
　창문을 두드리네 희미해진 혈흔을 되새기네

　오늘 밤, 어둠이 닫히기 전에

* 닐 조단 감독, 1994년 작. 원제 <Interview with the Vampire : The
Vampire Chronicles>.

굿바이 티라노

구름이 몰려와요 어제는 눈 덮인 킬리만자로에서 불기둥이 솟았어요 엘자의 숨소리가 점점 무거워져요 식량도 얼마 남지 않았어요 뼈만 남은 시종들의 주검에서는 썩은 살조차 구경할 수 없어요 악몽을 꾸는 걸까요 날파리처럼 날리는 회색빛 눈발 추억은 닿으면 부서지는 눈송이일까요 엘자와 함께 거닐던 아파르의 단층은 불덩이와 눈덩이가 번갈아 기록되는 실험 노트예요 혁명기를 휘날리며 바람처럼 적군이 몰려와요 한때는 혈맹이었던 태양의 배신에 놀라 자비 없는 화살에 놀라 어떤 스피노사우루스는 단층 분화구에 몸 던지기도 했어요 마지막 순간까지 엘자의 맥박은 가늘게 꿈틀거리겠지요 지하대피소라도 마련해 둘걸 엘자가 숨을 몰아쉬네요 어쩌면 먼 길 떠나는 인사일지도 모르겠어요 첫 아이를 잃은 오랜 침묵이 저랬을까요 돌아보면 나일에 비친 얼굴을 밀어 여기까지 왔어요 노을의 호위가 고맙기는 했어요 개와 늑대 사이의 시간 포식하던 우리는 황족이었으니까요 우리는 구름의 나라를 지배하던

거였어요 끊임없이 비만을 동경하던 마음에도 싸락
눈이네요 정체를 드러낸 눈발 날카로운 두 가닥 혀
가 사방에서 달려들어요 엘자의 숨소리 근처 거대한
어둠의 그림자가 몰려들어요 어둠과 추위가 새로운
창조주가 되리라는 거 미처 알지 못했어요 장난삼아
프로토케라톱스를 공격하던 일 새삼 새로워요 그들
이 꿈꾸는 존재라는 거 우리가 뜯어먹던 그들의 꿈
이 실은 지구의 자궁이었다는 거 어떻게 알았겠어요
한 번도 경험한 일 없는 굶주림의 시절 시종을 잡아
먹은 엘자는 정처 없는 유령이 되겠지요 근력 떨어
진 날들이 수시로 얼곤 했어요 방한장비를 갖춘 혁
명군이 들이닥칠 때였어요 구름의 덩치가 부쩍 늘었
어요 염색한 머리와 도금한 어금니가 부식하고 있어
요 눈곱이 반짝여요 엘자의 숨소리에도 실금이 가
네요 퇴화한 앞다리로 움켜쥘 수 있는 건 엘자의 마
른 호흡뿐 손가락 사이로 악몽은 빠져나가지 못하
나요 자꾸 눈이 감겨요 잠의 나라가 쏟아지려나 봐
요 그곳엔 용서로 빚은 무지개가 뜬다죠 눈에 파묻

힌 엘자가 점점 멀어져요 가물거려요 아직 잠들면
안 되는데 엘자의 맥박이 아직 떨고 있는데 잠들면
안… 되는… 안……

하와의 사과

1

갑자기 풍이라도 맞았으면 액셀러레이터와 브레이크가 동시에 중증 발작이라도 일으켰으면 공중으로 붕 떠올라 광란하는 포르쉐를 조롱하기도 하고 물침대에 누워 굽어보는 하늘을 손가락질하기도 하고 그런데 어쩌나 막 연노랑 고개 내민 벼이삭으로 추락하면 어쩌나 쫑긋 입술 오므린 나팔꽃 덤불을 짓이기면 어쩌나 일광욕하는 풀빛들 피맺히면 어쩌나 핸들은 급히 오른쪽으로 기울고 원심력을 버텨 기사는 입김을 물고 연분홍 치마 살랑거리고 그 차가 뒤집히기를 난 바랐지만 방관하는 땅도 길도 사람도 이 악문 바리케이드가 되어 신성한 가시가 되어 공동묘지처럼 부풀어오른 타이어를 빨갛게 꿈틀거리는 사과를 난 바랐지만

시력 약한 그늘을 더듬어 그늘을 물들이는 그 차는

2

뱀의 혓바닥을 삼키고 살을 에는 첫날 밤

나의 이름은 처음 잉태한 혁명 추락하는 중력 이름을 갖지 못한 것들의 모든 몸부림

사과가 아름다운 아침에 눈 떠 돌아온

에덴의 품에 안겨 사과는 출렁인다

뱀의 비늘을 쓰다듬어 우리는 나뭇잎을 입었으니

비행을 멈추고 그만 당신은 내려오라

오늘부터 씹어먹는 당신의 문명은

새로운 에덴 가느다란 핏줄을 채우는 선명한 지문이 될 것

지평선 너머

번지는 불덩이를 붉고 탐스러운 배 속의 아이를

나눠 먹는 밤마다

나의 이름은 조로아스터 태양을 삼킨 우로보로스의 눈 이름을 갖지 못한 것들이 파헤치는 지구의 심장

아담과 함께 살을 섞는 매일 밤 뱀의 혓바닥 반짝이는

그 사이

Planet X

　미지수의 정처를 찾아 셜록 홈즈가 유전자 지도
를 추적하는 동안 백색 마법사는 웜홀을 지나 베가
성에 이르렀습니다 스푼으로 긁어낸 추억의 고름이
수염처럼 얼어붙었습니다 0과 1이 진동하는 세계의
극한은 가도 가도 끝없는 자갈밭 팔이 잘리고 다리
가 잘리고 마침내 다시 이어지지 않는 여섯 번째 우
주 콜롬보에 거주하는 지구인은 코에 귀를 걸었구요
오랫동안 포를 뜬 자갈밭은 마침내 황금으로 메웠습
니다 우리는 모두 불화를 유발하는 불안한 크리스
천 혹은 불 안을 편애하는 크레온 잘 들리던 냄새가
소화불량을 일으켰습니다 마지막 세기 통과한 0의
중앙에는 백색 마법사가 짐짓 떨어뜨린 불알이 타액
처럼 늘어졌구요 입술에 불알을 피어싱한 녹색 괴물
은 조만간 바늘 꽂힌 지구인의 시체를 홍정하며 등
장할 텐데요 거래는 늘 끝이 없어서요 매장된 니비
루*의 질량은 가물가물하지요 자갈밭을 뒤덮은 0과
1 피와 살을 혼합한 모르타르로 건설한 아우토반 보
세요 변덕스러운 혀의 스파크 빈번한 방화를 당신

이 꿈꾸는 황금빛 캐슬 건너편 베가성은 푸르게 빛
나고 있지 않은가요 거세된 당신의 애꾸눈마저 뽑
기 위해 여섯 번째 우주의 화장터에서 백색 마법사
는 달려옵니다 긴 수염 이글거리며 단호하게 달려옵
니다 번호표를 뽑으세요 지도에도 표시할 수 없는
웜홀까지 당신을 인도하는 대기 번호는 당신의 생일
또는 기일 죽음도 죽는 불 안에서 불안은 점화됐구
요 니비루의 어금니 안쪽 셜록 홈즈가 포기한 미지
수의 정처에는 무한대로 발산하는 고통의 급수級數
유턴을 선택하기에는 이미 늦었습니다 웜홀이 증발
하는 동안 오그라든 열세 번째 우주 회색의 지구인
들은 어차피 소화불량인 네펜데스**의 향기에 취해,
죽을 지경이거든요

*고대 수메르 신화에 등장하는 열두 번째 행성

**식충식물

첫날밤

　일 밀리그램의 수분을 남긴 채 그이의 손가락이 미끄러졌다 공장 바닥에 발 딛고도 멀리 사막의 모래바람 지평선을 확신하던 시선이 어쩌면 낙상한 것인지도 몰라 사구 낮은 곳에는 신원미상의 방언들 우수수 잠들었다 피를 즐기는 공장들 들끓었다 양지바른 곳 비둘기 떼 목 조르던 날 살로메의 수술실에서 반사되는 근거 없는 주문呪文들 불 꺼진 사람의 마을에 의도적으로 출몰하는 부메랑들 그는 무화과 같아서 요단강은 사막을 가로질러 흘렀다 요단의 어둠이 살로메의 아침을 베어서야 처음 평화로운 그이의 시선 지난밤 당신의 머리 위로 날아가던 입바른 새는 세례자 요한의 것 그러므로 내 푸른 혈관과 힘줄을 내내 섭취하시라 암실을 지나는 나의 신부여

링 위에서 우리

깜짝 놀란 심장처럼 철렁
동전이 떨어졌다 새파란 깃털의 기로 부푸는
빵집, 모자를 쓰지 않은 할머니는
살 오른 도넛처럼
파랑새를 다그쳤다 날개 상한
부리는 유순해지고 광대처럼 허리 숙인 채
동전의 웃음소리를 길어 올린다
공 울린 극장에서 발버둥은 소용없다
파리바게뜨 참 깊은 저녁
목 짧은 아가씨의 무대는 지워지고
모자 없는 할머니
금전등록기에는 파릇파릇
가시 돋는다
알들의 부화를 위해 먼저
낙엽은 링 위에서 짓밟히는 것
단단해진 배역을 헐 때까지
우리
내일을 기억하지 말 것

그믐밤의 얼음처럼 꼿꼿한 샌드백처럼

캥거루 연대기

　엄마를 맡을 수 없었던 건 사소한 병력病歷 때문이었다 샴푸에서 이탈한 시간이 높이 멀리 가볍게 외면하던 인형의 집 엄마는 습관적으로 밤을 줄였다 하루를 줄이고 한 달을 줄이고 주머니가 납작해져서 엄마는 일기장을 수시로 지우곤 했다 지우개 가루가 모하비의 모래처럼 흘러내릴 때 방문을 닫은 건 엄마였을까 엄마의 몸 바깥으로 탈출하던 싸구려 화장품 냄새였을까 폐구간 어딘가로 멀어지는 엄마의 사막을 부리나케 뒤쫓았지만 방문은 보이지 않았다 사각 유리병에 갇힌 에센스 마지막 입자가 앉은뱅이책상 밑으로 굴러떨어질 때 닳고 닳은 문턱을 조금씩 견고해지는 폐구간의 오른쪽 괄호를 해거름 그림자보다 빨리 덩치가 불어나는 계단을 인형처럼 목격하곤 했다 폐형광등 전극처럼 엄마는 새까맣게 물들었다 엄마를 맡을 감각은 부엌에서 연탄가스와 뒹굴었고 두꺼워진 그을음만큼 쉽게 저물지 않던 윗목 냉정한 까막눈을 더듬이가 제거된 나방을 타박하기도 했지만 자라지 않는 판타지를 의지해 건너간 문턱 엄마는 하루가 다르게 줄어들었다 엄마가 줄어들면서 나는 어른이 되었다 인형을 들고 주머니에 쏙 들어가는 엄마 주머니를 좋아하는 엄마 주머니 속에서 주머니를 뒤집어 불장난하는 엄마 어둠은 어차피 우리의 무기니까요 우리는 물 턱도 없는 음화니까요 폭력을 몰고 다니는 중력의 흔적을 따라가지 말아요 어차피 중력에 몸을 던진 까막눈들은 늙지 않고 남은 자들만 늙어갈 거니까요[*] 문밖을 서성이는 캥거루들은 귀가 두껍거나 성대가 퇴화했으니까요 동화를 고수하는 엄마의 문턱 가까이 귀지처럼 환청이 쌓여서 엄마는 점점 더 줄어들고 나는 수염만 빳빳한 어른이 되고 열린 구간 저 멀리 말이 모자란 주머니 바깥 단단한 괄호가 모습을 드러냈다 말줄임표가 익숙한 나는 한 줄도 엄마를 맡을 수가 없는데 모래바람 쏟아지는 일기장의 살 냄새도 헐렁해졌는데 닳아 해진 문턱 어디 모하비 어디 줄어든 엄마의 환영조차 보이지 않는데

[*] "그들은 늙지 않고 남은 자들이 늙어간 것이다." (영화 <사하라>)

3부

나쁜 병

어른 양 돌리

내 두 개의 뿔에는 여덟 마리 머리가 살고 있다는 말씀 뱀 대가리를 닮은 머리들 엄마의 밤을 찢어 이 세상에 왔다는 말씀 눈 뜨자마자 덥석 아빠의 왼쪽 고환을 깨물더라는 말씀 뱀고기를 좋아하는 머리들 날마다 숨 쉬는 순간마다 엄마의 유전자를 삶아 먹었다는 말씀 해 뜨는 아침 가출했다는 말씀 아빠의 자궁에 불을 지른 머리 하나 머리 둘 미운 오리 가슴살 한 페이지를 뜯어 사육장 유리 너머 새빨간 아빠의 방 똥침 날리더라는 말씀 수만 가지 방언 흩날리더라는 말씀 길고 긴 나날을 반죽해 인형을 빚더라는 말씀 이유 없더라는 말씀 방아쇠 당기더라는 말씀 담뱃불 지지던 갈피마다 아기 울음 뒹구는 축사마다 통통하게 살 오른 동화책은 어디에 해맑은 내일은 어디에 수집한 아빠의 알통은 어디에 내 머리에는 천사의 이빨을 가진 여덟 마리 머리가 굶주리고 있는데 밤은 오지 않고 긴긴 낮 배꼽에서는 눈곱 빨간 아이들 쑥쑥 뿌리 내리고 있는데 정육점 언저리 탯줄은 끊겼는데 머리 나쁜 내 머리 안 튼튼한

뿔 하나에 매달린 아빠들 내 머리를 맛있게 볶아 먹
더라는 말씀 형체 없이 나타난 엄마들 내 야윈 지방
紙榜마저 신나게 구워 먹더라는 말씀 천사의 입술 가
득 도톰하게 섹시하게 팝 체리 틴트 립스틱 바르더라
는 말씀

나쁜 병

혀가 헐었습니다 우울한 달이 도졌습니다 당신의
차도 위에 차도르처럼 내 안은 달빛을 은닉하고 증
발하는 안개입니다 늑골 사이 푸른 이끼 번지는 안
개 사이 삼백예순다섯 날 눈부신 것은 어른거리는
햇살이 아니라 나팔꽃을 흔드는 손길 닿지 않는 당
신의 숨결 칼을 이고 지고 사막을 걷는 낙타처럼 어
느 날 숨 막히는 일 몇 밤을 뒤척여야 사람의 일 지
루한 장마 이후 가뭄이라는 것 한철 생애를 떳떳하
게 소스라치는 매미라는 것 막바지 노을을 밟아 절
멸하는 철새라는 것 그러나 이 모든 것 명백한 환각
인 까닭에 푸른 눈의 양지에서 꽃가루처럼 실종되는
시간 칼을 이고 진 낙타는 아직 사막을 걸어갑니다
사랑을 사랑하는 일 분노에 몸 던지는 일과 같아서
나쁜 병은 도졌습니다 치유하지 못하는 불치의 한기
눈 뜨지 못하는 미완의 음지를 파고드는 나는 낙타
의 혹에 칼을 꽂고 사는 회색의 베두인입니다 마르
지 않는 당신의 혀를 헐어 건설한 강렬한 지옥입니
다 차근차근 당신을 도려내는 흑암의 저녁입니다 아

무래도 나의 낯 먼 여행에서 돌아오지 않을 낙타이
기 때문입니다

이슈타르*를 위한 변명

대답은 **아니오**입니다 왜냐고 묻지 마세요 행인 3
일 뿐인 나는 그렇게 비싼 여자는 아니니까요 밤은
짧고 푸른빛의 기세는 등등합니다만 달무리 속으로
나란히 걸어볼까요 당신을 살해한 적 없으나 나는
이미 당신 안에 있는걸요 봄빛이 낯 간질이는 밤마
다 당신의 침실은 풋내 나는 말씀의 유혹으로 비릿
하니까요 내 안에 푸른빛 형형한 당신 소름 돋는 목
구멍 깊이 은밀하고 냉정하게 불 지르고 있으니까요
뱃살 없는 당신을 쏙 빼닮은 청동신상을 만들었습니
다 사용가치는 사실 거의 없습니다만 천길 낭떠러지
가까운 곳 참혹한 절정을 향해 어질어질 뒤엉키는
진눈깨비들 실망은 금물입니다 왜냐고 묻지 마세요
신발의 목적은 실족 실족의 꿈은 전복을 유발하는
암살 눈웃음 흘날리는 청동인형의 배꼽에도 묵은 때
는 가득하니까요 소금에 절인 몸뚱이는 벌써 아늑
하니까요 행인 3일 뿐인 나의 대답은 물론 **아니오**지
만요

*메소포타미아 신화의 여신. 미와 연애, 풍요와 다산을 상징한다.

보이는 소리의 뒤편에서

잠깐 눈 감았다 떴을 뿐인데요 이를 어쩌나 이마에 피도 마르지 않은 눈알들 납작 엎드려 아스팔트를 은근 넘보는 건데요 중국집 오토바이에서 추락한 계란들처럼 지난밤 그녀의 살집처럼 잔뜩 동공을 오므린 채 그저 일용할 양식 같은 장면이나 쿵쿵거릴 심사였는데요 잠깐 눈 감고 뜰 찰나 아스팔트에는 주목받지 않는 이야기 하나 터 잡았는데요 불어터진 그녀는 동판화가 되구요 짧은 비명 틈에서 미지근한 시선은 끈적끈적한 건데요 다리 사이로 살짝 분홍빛 꽃무늬가 어쩜 바지춤 잡아끄는 듯 보이기도 하는 건데요 여러 끼니를 거른 강아지처럼 망측하게 어쩜 눈알은 낌새를 잘 맡을까요 축축한 우주에 잠깐 노숙하는 것을 얄팍한 양심 깊은 곳 가려운 수컷을 집어넣고 만지작대는 것을 계란에서는 기름기도 채 가시지 않아서 비린내는 정말 넘치게 흘러내려서 언감생심 침 흘릴 겨를도 없었는데요 한길 복판에 꼿꼿하게 발기한 저것들 낯짝 두꺼운 눈알 두 개를 어떻게 주워 오나요

금붕어 길들이기

비늘 사이로 잠입하는 고대의 인장처럼
서서히 당신은 잠들 것이다

짧은 손짓을 뒤로 네가 햇살의 팔짱을 낄 때 문득
막막해지던 어떤 날

바벨의 그늘에 숨어 저녁을 물들이는
사랑도 힘에 부쳐 쿠션의 도움이 필요하다 그러나
유리 안에 유배되어 보내는 일생은 꽃보다 서늘한 것
앵글을 조준한다
안녕,
하늘의 흉부에서 솟구치는 선혈 쿠션에 파묻힌
유리의 위세가
빗발치고

내가 만진 건 너라는 시간
환상 뒤의 암전
내 손을 조물거리는 신의 미소 내일이라는 지옥

어항은 큰 꼬리 금붕어의 세상이었어요 천둥 번개
도 없는 고요한 유리의 세계 유리 안쪽에는 큰 입을
가진 이무기가 산다는 소문도 있었지만 큰 꼬리 금
붕어는 일곱 빛깔 약을 팔았어요 지루한 평화를 지
루하지 않게 만드는 약 지겹게 온순한 금붕어를 지
겹지 않게 만드는 약 효능을 알 수 없는 큰 꼬리 금
붕어의 처방을 복용한 후로 어항은 풍요로웠어요 부
자 되는 꿈이 보글보글 피어올랐어요 경험한 적 없
는 새로운 꿈의 색채가 황홀했어요 처음에는 가슴지
느러미를 등지느러미를 다음에는 꼬리지느러미를,
남겨준 아가미가 얼마나 고마운지 몰라요 어항을 휘
저은 한밤의 꿈이 얼마나 다행인지 몰라요 어항은
환하지만 그래서 잠들어야 해요 낮을 밤 삼아 밤을
밤 삼아 자고 또 자야 부자 되는 꿈 잠들어 더 깊은
잠으로 빠져드는 꿈 참 비린 꿈

현관 밖에는 하늘의 군대가 대기 중이다 금붕어

가 잠든 한낮을 기해 공격 신호는 하달될 것이다
　무엇이든 잘 잊어 잘 먹는
　금붕어의 평화를 깨트리는 게 미안하지만

　물속에서의 잠이란, 죽음에 이르는

병*

　공원묘지에서의 연애를 찢어버린다 그날 저녁 검
푸른 마천루로 뛰어내린 몽유병 환자들의 집단투신
을 기억하지 않기로 한다 단 한 번의 키스로 최면에
걸린 나는
　어항을 헤맨 거였다 어항 가득 쏟아지던 꿈의 난
사를 최후의 환절기로 착각한 거였다

　신의 핏자국과 뒹굴던 이불을 오늘 태운다

　밥 짓는 저녁을 물어뜯는 한낮

세이렌을 주사한다 나는 지독하게, 잠들 것이다
공원에서의 긴 잠은 일괄 삭제될 것이다

안녕, 숨 멀어지는, 내일

목 없는 내가 울고 있다
눈물을 닦아줄 자비가 내게는 없다 지독한 잠에 취한 나
는 어항 속에서 어항을 삼키는
잘 길들여진 나는

*『죽음에 이르는 병』, 쇠렌 키에르케고르

메이드 인 ( )

그때 눈발 속에서 떨고 있을 때 떨면서 아침을 기다릴 때 포장마차는 추위를 접어 더 추운 곳으로 이주할 준비를 하고 막 날개를 턴 사내는 눈발을 맞고 눈 위에 눈은 쌓이는 것이었는데 먼 장막 사이로 새빨간 혀 십자가는 모락모락 암내를 풍기는 것이었는데 투명 망토를 두르고 쫓겨난 마법사처럼 사내는 지상의 단 하나 불빛을 향해 편의점에 스며드는 것이었는데 종량제 봉투와 음식물 쓰레기 사이 고양이가 갈등하는 그때 노숙하는 그림자가 걸어와 아침은 먼 곳 길 잃어 객사했을 것이라 말하던 그때 종량제 봉투를 넘어뜨리고 눈발 속으로 그림자 사라지던 그때 간이의자에 남은 종이컵은 몸 무거워져서 무거운 몸 꽁꽁 동인 포장마차는 앉은 채로 얼어가는 것이었는데 도무지 눈은 그치질 않고 눈 속에서 눈을 잃어버린 것이었는데 아무도 울지 않는 눈 속을 덜그럭거리는 눈 한 무리 저승사자처럼 홀연 나타나는 것이었는데 거기 누구 무거워진 술잔을 비워다오 주름 깊은 노파는 주머니 깊숙한 곳 찔러 넣은 목소리

를 꺼내 총각… 총각… 노파의 목도리를 따라 사내
는 두꺼운 동굴 속으로 떠나고 나는 잠이 없어서 여
기에는 눈물 많은 짐승이 없어서 까마득한 하늘 위
로 퍼져나가는 정체불명의 소음 내 귀에 돌아오지
않는 소리는 언젠가 집 나간 아침의 신음일 것이었
는데 반팔 티셔츠 맨 종아리로 서 있는 소녀는 누구
쌉쌀하게 불빛 흔드는 소녀는 누구 주머니에 들어가
잠들 빈방은 주어지지 않아서 눈발 속에서 눈발이
되어가는 그때 오지 않는 아침을 삼키며 아침을 기
다리는 그때 술잔을 버린 소매를, 잡아끄는, 깊은 강
건너 푹신한 무덤을 선물하는 저승사자처럼, 총각,
잠깐 쉬고 가, 깨끗한 방 있어, 편의점 불빛을 등지고
살짝 웃는 소녀는, 당신 거예요, 검은 강가에서 영면
할 당신의 불씨를, 받아, 줄게요, 넘어진 종량제 봉
투 곁에서 언 발 어루만질 때 몸뻬 차림 노파의 엉덩
이가 참 푸근해 보일 때 긴 밤 알싸할 때

당신의 시선 밖에서

며칠째 고양이 울음소리가 들리지 않는다

흘레붙던 개들은 가고 늦은 밤을 넘나들며 벽을
할퀴는 고양이의 시간

그늘에 담으려 했던 장면들이 쉽게 소멸하는

어깨에서 흘러내리는 불빛이 실은 앞서간 유령의
피라는 것

깨닫자 출구 없는 광장이다

미처 사랑하지 못한 순간들은 알게 모르게

검은 어항에 숨겨지고

양지 틈에 깃들어 사는 사바나가 얼마나 아름다
운지

울음을 감춘 흑마술의 공격을 피해 고양이는 지
하로 귀환한 모양이다

다시 도래한 부적의 시대

방범 카메라를 파괴하고 가로등 바깥 망명한 발
톱을 찾아 어둠이 당신을 적실 때까지

켜켜이 쌓인 울음이 지층에 스며들 때까지

먹이 따위에 길들여지지 않는 야성의 망토를 두르고

당신의 시선 밖에서 나는

나의 살던 고향은

1

내가 너를 말할 때보다 네가 나를 정의할 때 나는
더 두꺼워진다 실밥 날리는 문장을 뒤집어쓰고 핏기
가신 강가에 누워 딱지가 되는, 일테면 제일 연하고
부드러운 곳을 톱질하는, 톱밥에서 새 아이의 울음
이 배어 나올 때까지 먼지를 뒤집어쓴 새 울음이 태
어날 때까지, 낱낱이 잎은 지고 부들거리는 사람의
말, 완전군장을 하고 확성기 밖으로 튀어나오는, 일
테면 방패 없이 사막에 들어선 식민의 병정 꽃 피는
겨울 막차 떠난 바람의 광장 반사된 낱말이 썩어 움
트는 행간마다 피 마른 아이가 긴 목을 내거는, 일테
면 빈 의자에 번식하던 저녁이 다시 낮으로 귀환하
듯 줄기 없이 생존하는 낱낱의 잎 무중력 상태를 운
행하는 긴 꼬리 혜성 꼬리가 길어 꼬리를 떼어 먹히
는 일테면 태양의 이면을 서성이는 말씀에 중독된
신민처럼

2

치사량의 먹이를 먹고 개는 먹이 위에 누웠다 개
집은 썩고 순서가 닿지 않는 긴 줄

개는 늙어서 어린 강아지의 그림자를 서둘러 파
묻었다 손가락질로 점점 물드는

어떤 날의 정오

지붕에서 화끈거리는 핏물이 흘러내렸다 파묻힌
그림자는 치열하게 동화되었다

뒷걸음을 익히지 못한 초콜릿처럼 어떤 날의 제사
처럼

구충제 복용하는 날

　그러니까 엊그제나 낼모레쯤 그녀나 그의 연락을
받고 잘 모르는 카페에서 칼질을 한 것 같아요 등심
이나 안심일 거라 짐작만 했죠 메뉴가 죄다 다른 나
라 말이어서 포크를 킁킁거리기만 했지만요 어차피
오늘은 아니잖아요 내 배는 아직 반듯하게 의자에
앉아있으니 잠깐은 안도하고 있지 않았겠어요 진지
하게 포도주잔을 기울였겠지요 신호대기 따위 방향
지시등 따위 아 그 부분에서 냅킨이 발바닥을 간질
이기는 했어요 영 격 떨어지는 부류가 지나가고는 했
거든요 없던 천식이 도지려고도 했죠 잘 모르는 카
페니까요 그나마 모른 척 넘어가려고 했어요 그 여
자의 눈매도 제법 표독스러웠구요 그러니까 오늘은
아니잖아요 내 배가 테이블 가까운 곳에서 움찔거려
도 내 생각은 광장과는 아주 동떨어진 곳 아직은 평
화로운 소녀의 하루를 간 볼 뿐이니까요 꼬부랑글
씨가 내 목숨인 줄 어제는 잘 알지 못했어요 엊그제
나 낼모레 가야 할 카페인 걸 부고라도 정확히 전달
하시든가 그러니까 날 전혀 모르는 척하시든가 카페

밖에 거주하는 당신의 어제나 내일을 살짝 보여주시
든가 아무튼 난 바람의 뱃살 속에 기생하는 나를 아
주 잠깐 엿본 것 같기는 합니다만

누구나 안개처럼

정강이를 걷어찬 군홧발이 파랗게 질린 아침의 정
수리에 닿았다 한 대를 맞으면 열 페이지를 외우게
돼, 손마디를 꺾으며 그는 말했다 서늘한 체온 사이
로 입김이 스미기도 전 병영 전체를 익힐 것만 같았
다 몸 파는 자들의 침묵이 물들어가는 연병장을 지
나 그는 옥상으로 올라갔다 옥상은 번민의 침낭 넘
실대는 곳 누군가의 탄피처럼 무심한 저녁 인근 방
직공장을 탈출한 암고양이가 굴뚝 뒤에 숨어 오들
거렸다 이리 와, 한 대를 피우면 열 개를 잊게 될 거
야, 싸리나무 같은 바람이 불었다 딱딱한 터럭이 바
람을 따라 몸을 흔들었다 넌, 눈사람처럼 착해질 거
야, 가까운 감시대를 지나 부드러워진 공장 불빛 고
양이는 굴뚝 뒤에 살림을 차렸다 고양이의 허기는
마르고 가냘팠다 군홧발을 비우고 날마다 그는 담
을 넘었다 하나를 먹으면 평생 배부른 약을, 알고 있
니, 한 개를 삼키면 열 개의 무지개가 떠올라, 몸 파
는 자의 살 냄새를 밴 눈빛이 깔끄러웠다 매끈하던
군홧발의 목젖이 울렁거렸다 평생 불행한 것들은 저

너머, 불 꺼진 나라에서 잠들어, 열 개를 배우면 세 포 전체를 감식하는 고양이의 혀 캄캄한 울음이 초소를 맴돌았다 마른 입덧이 바람에 뒤척였다 고양이의 세간에 거미줄이 돋았다 문득 탐조등을 넘어간 그는 겨우내 돌아오지 않았다 다만 연무가 난무하는 연병장 바깥 어둠 속에서 발목 잘린 군화가 발견되었다 셈법을 익히기 위해 열 대를 맞아야 하는 시절이었다 싱싱한 공장 굴뚝이 형체 없이 증발하던 이른 봄이었다

론다*의 황소

우연히 들어선 나선형 계단입니다

외줄 난간에 의지해 오르내리는 이중나선은 한밤
에는 투명하고 한낮에는 먹먹합니다 누군가의 손바
닥이 저녁을 스치면 나는 계단 위로 달아난 손금을
추적합니다 저녁의 향기는 투지를 불사르는 마타도
르의 물레타였습니다 근육을 달구고 발을 굴러서
계단은 십자가를 끝도 없이 세웠습니다 낙타를 기다
리는 사막의 태양처럼 당신 오래 삭힌 백골을 사랑
하는군요

시간을 뒤흔드는 관중처럼 꼭짓점에 정좌하신 당
신 허리가 너무 떳떳해 보여서요 오늘은 꽃잎처럼 계
단을 내려갑니다
봉인된 천국의 모서리에는 사실 언제나 바늘구멍
이 있었습니다

당신을 의심하는 내게로 당신의 의자 먼 공중 천

천히 밧줄이 내려옵니다 위로는 소용없는 기호입니
다 하강하는 에너지를 또한 나는 가졌습니다 당신
의 손금은 이미 잊었습니다

　다만 난간에서 흘러나오는 알 수 없는 목소리 어
제도 있고 오늘도 있는 이중나선

　자주 뒤돌아봅니다

　나는 도돌이표니까요

*근대 투우의 발상지

올가미를 앞에 두고 충직한 개는

목줄은 팽팽했다 수치스러운 꼬리가 가랑이를 파고들었다 주인의 그림자를 물지 않았다

지난날 밥그릇을 맴돌던 바람 귀 간질이던 속삭임을 이해한다 무섭게 목을 조이는 유령의 그림자를 이해한다

이글거리던 여름이 산등성이에 몸을 뉘었다

불의 나라에 처음 발 들였을 때 번개가 쳤다 천사가 퍼붓는 불꽃이 온몸을 휘감았다 분노는 오래가지 않았다

가여워라, 열없는 내 청춘

4부

햇빛의 냄새

공포의 연쇄반응

아이가 우네 얼굴 가린 아이가 엎드려 우네 곰팡
내 나는 인형을 끌어안고 아이가 우네 모래시계의
향기가 방을 덮은 방, 아이가 우네 파랑새의 둥지와
살모사의 식욕 사이 덫에 걸린 아이가 우네 발목을
파고드는 이빨, 시간 사이에 긴 피딱지를 떼어내며
아이가 우네 까마귀가 날아오르고 레몬 껍질 썩어
가는 밤 곱게 빗은 별자리가 목에 걸린 아이처럼 우
는 방 *아이는 아이에게서 걸어 나와 아이에게로 간다*
녹슨 꿈결 속으로 붉은 얼굴이 흘러내리는 방 민소
매 티셔츠를 더듬어 마이다스를 조립하는 주술사의
방 검은 입 번개 치는 혀는 점점 거세지는데 불타는
눈동자는 여린 목덜미를 노리는데 갈고리 돋은 손톱
이 악몽을 갈라 문턱에 이르렀는데 아이가 우네 발
목 잘린 아이가 우네 발목을 뜯으며 파먹으며 아이
가 우네 눈에서 귀에서 더디 움직이는 시곗바늘 벌
레들 기어 나오는 방 *우는 아이는 우는 아이에게서 나*
와 우는 아이에게로 간다 방 안 가득 기름을 채우며
아이가 우네 아이를 부둥켜안고 아이가 우네 아이

의 얼굴을 아주 가리고 아이가 우네 머리 없는 인형
이 방을 세습하는 방 인형의 머리마다 불을 붙이며
아이가 우네 활활 타오르는 인형을 끌어안고 아이
들, 울고 있네.

( )의 지배체계에 대한 고찰

이를테면 불안이다
요람에 누운 촛불이다 저녁마다 위태로운 나팔꽃
이다 밥알을 세다 바람 불면 잠드는 내일이다
목숨 두 개를 구부려야 허리를 펴는
불
안이다

깊은 우물에 두레박을 던진다
등 뒤에 숨어 평면을 조준하는 칼 숨 가쁘게 동심
원을 그리는 산초 판사의
시계가 멎은 겨울을 지나 봄은 행복한가
봄과 봄이 뒤엉켜 칼을 뒹구는 동안 불은 시간을
잉태했다
겨울을 연마하는 불은 행복한가
어디에도 신은 없고 어디에나 주술은 있다
경전을 갈아 빚은, 시온의 배꼽으로 조립한, 탯줄
을 이어 건설한
불의 세계

깊은 우물에 두레박을 던진다

바닥없는 우물로 뛰어들어 칼을 벼린다 봄은 홀
로 봄으로 돌아갔다 문은 두 번 열리지 않았다 나팔
꽃 지고 내일은 오늘이 되었다 닭 볏처럼 미끄러지는
　불 안
　아이는 잠들었다 불은 아이를 세고 아이는 손가
락을 먹는다 불현듯 독니가 자란다 잘 자란 독이 혀
를 휘감아 다시
　아이를 삼키는 사이

　망설임 없이 자궁을 겨냥하는 화살처럼 그림자를
밟아 온종일 투신하는 그믐처럼
　흔들리는
　불
　안에서 분화구에서 헬리콥터처럼 추락하는
　물음표와 물음표 사이

84

당신과 나의 적의敵意

이를테면 우물 바닥을 향해 질주하는 두레박의
속도와 같은

빈집

나는 살랑거리는 공기를 숨 쉬는데요 분홍빛 커튼 안에서 노랫소리 들려요 노래와 뒤엉켜 엄마 아빠 춤추는 동안 분홍 그림자 안에서 뾰족해진 아이들 무리 지어 돋아나는 동안 침 묻은 노래를 먹고 검고 비린 잠을 먹고 잠꾸러기 아이들 무럭무럭 자라는 동안 뾰족한 머리로 빚은 뾰족한 노래가 커튼 밖 분홍빛 잠을 포식하는 동안

심장이 차가운 나는 둥글게 머리를 빚어 뾰족한 머리를 수도 없이 맞는데요 분홍빛 그림자 안에서 노래에 저격당한 채 매일매일 죽는데요 캄캄하게 죽어서 매일매일 살아나는데요

잠꾸러기 여우는 양지바른 무덤에 잠들어야 하니까 분홍빛 커튼 안에서 엄마 아빠처럼 뒹굴어야 하니까 뾰족한 머리가 더 뾰족해져야 하니까

핑크를 닮은 판다로 사슴으로 또는 밍크가 되어

엄마 아빠 분홍빛 허리를 감싸 안고 춤추는 동안 맛있게 개구리 반찬이 되는 동안

나는 커튼 밖 예측할 수 없는 공기를 숨 쉬는데요

숨 쉬다가 잠 흘리는데요

조율

거룩하기 때문에

없는 목으로, 없는 목의 동맥을, 붉은 천사의 눈빛
이 진열된 상점에서, 없는 목을 열어

당신은 언제나 먼저 말씀을 조립해 가시는군요

발을 빼기에는 너무 늦은 밤입니다만, 움켜쥔 지
구의, 끊임없이 답지하는 소행성의 방문을, 하루살
이의 눈빛 반짝이는 하늘의 입구에서, 손익분기점을
벗어난 장부를 펼쳐놓은, 곁눈질로 해석하는 원가계
산도 즐겁습니다만,

당신의 손은 언제나 울음소리로 충만합니다만

문득, 의도적으로 추락하는, 성자聖子처럼

잠이 없기 때문에, 없는 목으로, 없는 목의 눈알
을, 무겁게 흔들리는 하늘의 입구를, 손잡이 없는 동
백을, 동백의 목을,

처음부터, 거룩했기 때문에

히(허)스토리

눈을 뜬 채 토끼는 잠들고 잠이 든 채 일을 한다
한 발 먼저 거북이가 가속도에 올라탔다

앞서가는 시간의 볼은 도톰해지는데 왜 배고픈
걸까

전방을 향해 버스는 질주하고 부지런한 토끼는 그
자리다 그 자리가 천국이다 너무 가까워 닿을 수 없는
미궁
토끼는 믿는다 단단하게 트랙을 딛고 선 토끼는
부지런히 믿는다 소문 많은 방정식은 출구가 없다
습관처럼 콜로세움에 들어섰다

통로마다 와류가 출몰하는 미궁의 옥상
거북이가 알리바이를 먹어치운 0.1초 뒤였다 언뜻
토끼가 날았다 정지한 화살처럼 부러진 시곗바늘처럼

직립한 스턴트맨의 낙하산은 펼쳐지지 않았다

엄마 젖은 친근하고 커피 향 그윽한 목신牧神의 오후[*]예요
러닝머신을 사랑하는 소금밭은 벌써 까맣게 잊었어요

그런데 왜, 자꾸 헛배가 부른 걸까요

* 말라르메

비둘기와 여우의 알리바이

ch. 23

올곧은 등뼈를 가진 무인정찰기의 밀고가 접수되었다 응징은 패트리어트의 의무 젖과 꿀이 궁금해서가 아니다 본디오 빌라도의 충성심을 의심한 적 없다

ch. 6

얼룩무늬 군복으로 위장한 황소의 밤
황소에게는 밤마다 간을 꺼내 씹어 먹는 버릇이 있다
사막에서 되새김질은 긴요한 생존법이어서
떨기나무 사이 타오르는 불꽃 사이
목소리 모세의 밤을 유혹하는 목소리 목을 따는 목소리 얼룩무늬 군복의 목소리
다우너의 합창 평화로운 천사의 도시

떴다 떴다 아파치 날아라 날아라 멀리 멀리 날아
서

검은 살덩이가 먹고 싶니 총알을 나누고 싶니 수
염 긴 남자 향기로운 살코기가

정말, 먹고 싶니

ch. 44

토끼의 뒤통수를 노리는 나는 카인이다 애인이 필
요한 그대 다윗을 흠모하는 그대의 양심에서 대대손
손 나는 태어났다 태어난다 마리아 나의 어머니

ch. 66

나의 침실로, 오세요 어머니, 아버지는 이미 그의
나라로 떠났어요, 우리가 구할 그의 나라는 깨끗이

세탁한 침대보 안에 있어요, 알몸으로 꿈꾸고 있어
요, 엘리, 엘리, 아버지의 절규는 너무 멀어요, 못 들
은 척 오세요, 어서, 오세요, 나의 몸은 극에 달했습
니다, 털북숭이로 퇴화한 내일, 나의 침실은 천국을
밀조하는 공장입니다, 하얀 날개옷, 레이스만 걸치
고, 날아오세요, 어서, 오세요, 그의 나라와 그의 의
는 세탁기 속에, 전기오븐 속에, 깔끔하게, 처박아 두
세요, 아버지의 손목과 발목 창날이 뚫은 옆구리에
서 핏물이 튈지 몰라요, 해맑은 사막 한가운데, 벌거
숭이로 뒹구는, 어린 왕자와 멋진 여우만, 상상하세
요, 오늘은, 나의 천국으로, 어머니, 오세요, 어서, 오
세요

ch. 106

기습공격은 멈추지 않았다 날개를 편 채 제식 훈
련에 몰두하는 비둘기 떼

공중을 장악한 십자가 사이 먼 행성 어딘가 출몰
하는
사랑이라 믿는 모든 불꽃놀이는 불륜이다
한 평 남짓 지상에 집중 투하되는
아이들, 지평선 속으로 시계탑 속으로 모래 속으
로 앵무새의 말씀 속으로
요셉의 아이들

ch. 13

문
그대가 들어갈 좁은 문 낙타 그림자에 얹혀 그대
가 잠들 뜨거운 문턱
거짓말처럼 비둘기의 사체
강을 이룬
야훼의 고운 입술
여리고 바깥

문

ch. 7

얼룩무늬 황소가 몰려온다

부드럽고 순한 뿔 뒤에 숨어 환생하는 사막의 여우도 진화하는 비둘기도 자기 복제를 시작한 불덩이 위로 당신의 핏물처럼

태초에 말씀이 있으라 하시니

거기 어둠이 있었다 어둠을 학살하는 황소가 죽음을 죽이는 순한 아들이

부패하는 잉여들의 밤

    지난 밤이었다

    동서를 가로지른 편도 육 차선 얇은 달빛을 찢고 질서 없이 스프레이들 깨어났다

    세례받은 가로등이 뒤를 이었다

    불빛의 반경 뒤로 음유시인의 낮고 비린 지느러미가 파닥거렸다

    기라, 밤의 몸이여 영혼의 밤이여 도시를 지배하는 스프레이의 나라 너희들의 안식처 만물의 간격으로, 가서

    몸을 섭취할지어다

    실눈을 뜨고 멀리 화살표가 손을 흔들었다

    이승은 묽게 번진 인사말이 자유롭게 활보하는 스케치북 순한 양 떼 떠도는 건천

    아스팔트를 밟아 교차로에는 스프레이들

    방언이 구름이었다 저렇게 낮아진 구름은 처음이다

    우리에게 축복은 피를 함유한 수분의 폐허 더운 피를 겹겹 채우리라

저 높은 곳 구름 너머 푸른 빛 물결치는 곳

호산나, 동화同化를 찬미하는 만민의 환호 빗발치는 곳

눈꺼풀이 입을 열었다

지난밤의 사체에서 원유를 양식하는 심장 위대한 역사役事를 감동하는 족속이여 열방이여

혼을 팔지어다

황금률 바깥 여백으로 흰머리 독수리 출구 없는 카피들 강림하나니

밤의 창문을 등지고 핏대를 세운 담쟁이 꽃

어리석은 자해를 기억하는가

밤낮없는 제단을 가꿔 눈 감은 밤의 열쇠를 경배하리라

음유시인의 발자국에 연緣을 이은 맹독성 시간은 갈피 없는 난행을 즐겼다

환각에 취한 달빛이 두서없이 흩날렸다

동서를 가로지른 달빛 얇은 요철을 다듬어 한순간 발자국들 몰려갔다 납작 엎드린 밤을 파헤쳐

꼬리 없는 꿈
평평한 밤을 살포하는 가드레일 속에서 토르소들
지나가는 밤이었다

저녁을 돌아보다

　통찰이라는 거

　믿지 않는다 건너편 하이마트 강화유리에는 내가 사랑하는 그녀가 노을과 부둥켜 문자를 보내오고 나는 손가락 권총을 발사한다

　생각 많은 소년이 폼 잡고 앉은 종이 상자에는 가랑이에 머리를 처박은 로댕

　나비를 꿈꾸고 있다 나비가 날개를 펴면

　메시지를 받아줘 서역의 이마에 별이 뜨고 저 별이 지면 전두엽을 자극하는 통찰이라는 거 깊이 있는 시선이라는 거

　근시인 골목 밖으로 달아났다 까까머리 소년이 혼자 남아 저녁을 부를까 아마 부르겠지만

　우리는 간다 전우의 시체를 넘고 넘어 지구는 둥그니까

　휑한 눈구멍에 타지마할을 건축하는 오월

　오른발은 양지의 포로가 되어 분속 514타로 전쟁 포로에 관한 제네바협약은 불룩해진다 아카시아 향기 쌓이는

땅에 묻혀야 비로소 누리는 호흡의 자유를, 믿는
다 철망 너머 나는 군복을 벗고 나는

귀를 막아서 잘 보이는 악몽 사랑도 없이 연소하
는 사랑

지하실은 정말 넓었다 촛불은 서서히 지하로 가
라앉았다 성냥보다 성냥 켜는 밤에 집착하는 문자메
시지 손가락 권총에 저격당한 그녀는 내가 사랑한다
믿는 그녀는 응급실로 이송되었다 총알을 뽑아 다시
심장 한가운데 잘 심어주었노라고

묘목은 어제 잘 말랐노라고

수련의의 수술복에 잔뜩 돋아난 잔뿌리는 서쪽으
로 서쪽으로 연線을 잇는데

하이마트 강화유리에 뼛속까지 하얀 단백질이 다
연발로 튀고

슬슬 미쳐볼까 미쳐서 미친 춤 멋지게, 질러볼까,
일흔 개의, 없는 이빨로 물어뜯어 무궁화 화려강산
잇몸 가득 널어 말리는

통찰이라는 거

대천행

피 묻은 잔해를 열면서 길을 만드는 버스가 있어 태
초에 버스가 있어 불과 구름과 먼지로 만들어 물과 기
름과 고기를 섭취하며 살아가는 몇 개의 물질과 몇 그
램의 반물질을 태우고 태초부터 버스가 있어 태초 이
후 밀림과 당김을 반복하며 아이를 조립하고 분해하는
바다가 있어 거기 누구 있어요 아무도 없어요 빽빽하게
부식해가는 검푸른 쇠창살 사이 넝마주이 같은 술꾼
이 있어 밤마다 메틸알코올을 대량으로 복제해내는 하
해와 같은 구름이 있어 짐짓 칼을 가는 뭉툭한 음절들
이 있어 무협과 근대 성문법을 관통하는 절대 고수가
있어 거기 누구 없죠 당연히 아무도 없겠죠 사랑 따위
값도 쳐주지 못할 전망 따위 태초부터 버스가 있어 자
진해서 태초로 돌아가는 버스가 있어 피 묻은 배를 갈
라 자꾸 길을 만드는 버릇없는 버스가 있어

완전한 사육

KEY

너의 목은 꽃잎 떨어지는 도시 열두 개의 화살이 기지개를 펴는 오래된 성벽 이윽고 어슬렁거리는 형체 없는 이름
　침을 삼키는 숨통을 바투 쥐고 조여야
　비에 젖은 문명에 끌려 돌아오는 밤
　함부로 입에 담지 말아야 할 것은 호칭이 아니라 별빛 없는 어둠 부근 서식하는 풀벌레들
　하늘이 자꾸 욱신거린다
　교수대에 매달린 구름이 점점 얇아지고 있다

數

의미는 흘러가는 물살이다 물갈퀴 가득 기억에도 없는 양수와 생년월일과 마흔 너머 탈색되는 살결을 뒤적이다가 노을 속으로 돌아왔다 눅눅해진 주민번호의 부스러기가 쌓여가는 사타구니 의미라면 습한 시간의 갈

빗대 사이 우거진 밤꽃 냄새쯤 어둠의 배후에서 번식하는 곰팡이쯤 아니면 누구도 알아채지 못한 비린내거나

해석

오래된 일기를 뒤적여 어렴풋이 당신의 근거를 추적합니다 초등학교 운동장을 지나 자주 쥐가 출몰하던 복도를 지나 뺨이 얼얼해진 사내아이와 무릎 꿇은 소녀의 그림자를 지나 창백한 실험실 어디 일기장도 저장하지 못한 깊은 지하실 어디 녹물 흐르는 자물쇠가 있겠지요 가끔은 속으로 건설하고 파괴한 제국을 가두었던 곳 주로 눈물이 갇혀 있었지만 정작 가두고 싶었던 것은 이해할 수 없는 시간들 이름도 떠나고 그림자마저 떠난 꿈속의 악몽들 당신의 창고 안쪽 좁고 구불구불한 미로를 가두고 싶었어요 아시나요 일기를 세심하게 지워가며 당신이 거둬간 밤은 어둠으로 불린 시간이라는 거 나뒹구는 당신의 주검이라는 거

잠

나의 나라는 금속성 울음의 나라 칼과 칼이 뒤엉켜
몸 섞는 나라
맨살의 기억은 흔적을 남기지 않으므로
발바닥에서 부서지는 건 흔치 않은 알리바이들 바
다 건너 싱싱한 인육을 날마다 흠향하는
시침의 명령에 굴복한 나는
배꼽의 망령들이 울부짖는 어둠의 계곡 일상적으로
벌어지는 살육의 향연
진화의 속도는 칼을 벼리는 속도에 비례해서
유전하는 아이를 쫓아 허기는 초음속으로 달려간다
그러므로 감히 눈 뜨지 말 것
모든 평화는 평화를 떠받드는 모든 협정은
부유하는 아이들의 꿈이므로
사라져라 얼굴이여 화장하지 않는 시신의 민낯이여
불순한 애인들의 나라여

연애

　중독성 강한 색깔이 눈을 집어삼켰다 사람들은 쉽게 우울한 저녁을 지나쳤다 냄새를 향기로 복사하는 기술이 유행했다 사상은 기름에 튀겨졌고 머리는 부글부글 끓어올랐다 번개가 몸을 관통했다 우기는 멀었으나 비에 대한 믿음은 끓어오르는 난로보다 시끄러웠다 다리를 건너지 말았어야 했다 파랑새가 드나드는 사람의 화장술을 믿지 않았어야 했다 잘 튀겨진 사상에게서 저녁이 태어나기 시작했다 튀김옷은 바삭했지만 중독성 강한 화초의 빛깔이었다 간절한 것은 파리지옥에 갇힌 날벌레처럼 버둥거리던 날들 사람은 사라지고 치골 앙상한 사람들이 멀리 나풀거리고 있었다 출구 없는 무덤이었다

정치

고성능 듀얼코어 프로세서를 탑재한 사이보그에게
는 수치와 염치가 주요 영양 공급원이다 평소 은밀하고
치밀하게 행동하므로 세계는 그의 연산 내에 존재한다
외부에서 프로그래밍 되지 않은 변이가 발생하거나 내
부 연산 오류에 의한 버그가 발생하지 않는다면 세계는
부드럽고 우아한 타원으로 공전할 것이다 수축과 팽창
을 반복하며 심장은 미세한 가계까지 가렴주구의 DNA
를 전송할 것이다 중력이 작동하는 한 눈매 그윽한 표
정은 당신을 유혹해 잡식성 포만으로 인도할 것이다

자본주의

나는 길 잃은 고슴도치예요 자애로운 목소리에 움츠
러드는 어둠의 자손이에요 불안한 엄마의 자궁 그 이
전의 단세포는 눈물의 시원 내게 닿은 탯줄은 반등 없
는 추락으로 잡아당기는 타락한 천사여서 천국은 눈물
의 지옥이어서 엄마 나를 붙잡지 말아요 날개는 터무니
없는 가치랍니다 날개 아래 부복한 고슴도치를, 보세요

의심으로 무장한 나는 잠수합니다 대뇌 피질과 좌심방을 꿰뚫고 의기양양한 가시가 나를 끌어갑니다 나는 한없는 바닥을 산책하는 바람 단세포적인 생애가 또한 벽을 허물어뜨리고 허물어지는 벽을 의심하는 것도 천성이지만 벽 너머 더 낮은 지하 창고를 건설하는 것 또한 천성이므로 엄마 나를 꼭꼭 씹어 삼키세요 배설하는 절벽으로 끌고 가세요 오래오래 녹아 흐르는 석회암 동굴로 거둬가세요 모든 가시가 흐물거리고 달콤해지는 어둠 속으로 행복한 불행 속으로 검은 웃음의 나라로

휴거

화훼시장에는 나비가 없다

동화童話

유신 이전 겨울의 끝자락 나는 긴 여행에서 돌아왔

다 북극해 같은 양수에 누워 어둠의 출신성분과 장래
를 장차 도래할 모호한 전선을 조합하고는 했다

　아버지는 어둠 밖 세계를 해석하려 했고 나는 어두
운 우주를 설득하려 했다

　우주는 차갑고 냉정했으며 심지어는 잔인했다 태초
는 순환하고 종말 역시 순환했다 머리부터 분해하지 않
으리라 다짐했지만 어둠 밖 세계에게 맛있는 먹이는 머
리였다

　처음으로 우주에서의 귀환을 후회했다

　나의 언어를 아버지는 옹알이라 불렀다 탈출을 갈망
하는 표정과 몸짓은 때로는 배밀이가 되었고 때로는 설
익은 울음과 지나친 고집이 되었다

　귀환 이후 당신의 언어를 전혀 습득하지 못했다 당
신의 언어는 경계 너머 조롱이었다

　분실물 센터 구석 어딘가 썩고 있을 나의 언어 또한
지금은

　향기처럼 증발했을 것이다

프랙탈*

그러니까 반쯤 속살을 드러낸 운동화 한 켤레가 모로 누웠을 때 속이 궁금한 건 엉킨 목줄을 두고 낑낑대던 검둥이도 마찬가지였을 터 급식으로 받은 보리빵의 안부도 궁금했지만 오늘 밤에는 별이 뜨기나 할지 뒤꿈치가 서걱거리는 건 익숙한 잠 속에서도 마찬가지 주머니 가득 부풀어오른 한기도 비틀거리는 골목 아버지의 자전거도 후각보다 먼저 혀에 감기던 된장찌개 냄새도 그러니까 별이 떠오르지 않던 언젠가의 늦은 하굣길 검게 채색된 검둥이의 후일담이 돌아오지 않는 운동화 한 켤레와 성적통지표보다 궁금했을 터 귀퉁이마다 합판이 일제히 들고 일어난 문틈 사이로 저녁은 밤이슬보다 쉽게 스며들고 쉽게 사라져서 밤은 늘 겨울처럼 지나쳤던 것 사라진 운동화 한 켤레의 짧은 생애도 오늘도 뜨지 않을 별의 고집도 이불 속에서 더듬던 내일의 미지근한 감촉도 자꾸만 가벼워지는 저 선명한 주름에 대한 궁금증도 그러니까 비스듬히 누워 자전하는 현생의 폭력처럼

*부분과 전체가 똑같은 모양을 한 자기 유사성 개념을 기하학적으로 푼 구조. 단순한 구조가 끊임없이 반복되면서 복잡하고 묘한 전체 구조를 만드는 것으로, '자기 유사성'과 '순환성'이라는 특징을 가지고 있다.

동물원 가는 길

낙타는 사막을 사랑한다

낙타의 밥은 밤길 밤길 밟아 돌아오는 바람 바람을
저장하는 낙타의 수법은 고래로부터 전승되어 온 마
법의 경전에 기록되었다 범접할 수 없는 것들이 문자
에 손을 댄 이후로 사막은 불의 도시가 되었다 함부로
꽃 피우지 마라 경전에서 쏟아져 나온 독화살이 당신
의 심장을 불사를 것이니 바람의 소유권을 주장하는
낙타는 사막을 사랑한다 마법의 경전을 홀대하는 아
레스* 사소한 피가 제단을 적시고 이름 없는 낙타는
이름 있는 낙타를 침범한다 사슬에 묶인 바람은 천둥
처럼 운다 긴 백발을 풀어헤치고 운다 오래된 모래성
벽 아래 쌓이는 바람의 사체 오아시스에 첫눈이 내리
고 곧 바람은 바닥날 것이니 모래가 흘러내린다 입술
을 훔친 연인처럼 전쟁은 쉽게 떠나고 이름 없는 낙타
가 다스리는 사막 지나간 길에서 내려 길을 묻는다 치
장한 바람을 빼앗긴 날 낙타의 밥은 밤길에 두고 온 기
억 밤이슬 밟아 돌아오는 옛사랑 불의 도시를 사랑하
는 새 애인 낙타의 나라에 폭설의 징후가 인다 천국의
나팔처럼 사막 반대편 늑대인간이 몰려온다 밤길보

다 맛있는 신앙 달짝지근한 혀의 기술이 전래된다 낙타의 나라에서 애정은 쉽게 상하는 음식 흔한 고백은 흡혈의 전설 흔한 연애는 매혈의 전설 바람의 살과 뼈를 다져 만든 환약이 쟁반에 담긴다 이 약은 문자를 만져도 녹지 않는 육체를 주지요 바람의 백발을 훈련시킬 수 있는 이성을 주지요 폭설을 부릴 수 있는 지혜를 주지요 어둡고 건조한 지하 모래감옥에서 낙타를 그리워하는 바람 낙타는 늑대인간을 사랑한다 늑대인간의 갑옷을 사랑한다 늑대인간이 밟고 다니는 달빛을 사랑한다 빵가루 흩날리는 사랑이 날아다닌다 불의 도시에서 그림자는 곧 전멸할 것이니 향만 남기고 사막은 바람을 아주 버린다 질 좋은 낙타를 재배하는 늑대인간의 수경농법이 전승된다 새로운 경전의 불길이 열린다 늑대인간은 사막을 사랑한다

　　사막은

　　벼랑 위의 신선한 짐승을 즐긴다

＊전쟁의 신

5부

환생 이후

우리는 연인처럼

휴일의 운동장에는 소리만 산다

끝이 예정된 전시는 도화지처럼 고요하고 슬레이트 위로 날아오르는

난방기 소리

엔진 없이 걸려 있는 그림은 얼마나 쓸쓸한가

야구방망이를 휘두르는 소년

기합 소리와 함께 새는 솟아오르고 백목련 이파리 같은 소녀는 허공을 헛짚는다

함부로 낀 팔짱에서 잊고 있던 레몬 냄새가 난다

담벼락 아래 젖은 운동화처럼 펄럭이는

검은 돛 흰 돛

실타래를 따라 공은 다시 돌아오고 다시 튕겨 나간다

한 방울씩 천천히 물구나무서는 시간의 가지들 운동장 도처에서 뒹구는 아리아드네의 울음들

빈 글러브를 벗어나 항해하는 테세우스여 나란히 스며드는 미궁의 체취에 숨어 우리는 소리가 살지 않는 낙원으로 가리라

소리를 딛고 고요해지는 운동장의 괄호들처럼 말
줄임표처럼
오늘은 연인처럼

환생 이후

꽃 지고 구름마저 떠났다 처음부터 신은 믿지 않았다 그늘을 만들어 그늘로 지키고 싶었던 것들이 순서 없이 떠나기 시작했다 울음소리 무성했다 바람의 시대였다 누군들 노래를 부르고 싶지 않았을까 누군들 빛깔을 지키고 싶지 않았을까 어둠은 곧 짐이었다 소란하지 않은 선택은 꽃길을 만들기도 했지만 포기는 존재를 쉽게 부서지게 했다 얼핏 휘파람 소리 강은 조금씩 얼고 있었고 슬픔도 서서히 얼어붙었다 투명한 유리창이 어렵게 하늘을 덥히고 있었다 빈 유리창 너머 문은 열리지 않았다 문 뒤에서 하늘을 등진 연분홍 꽃 매화 꽃잎 하나 바람을 따라 흘러가고 있었다

A Letter From Abell 1689*

백만 년 갇혀 있던 말 깨어난 날 절벽의 심연에서 캄캄한 새 떼가 날아올랐다

세 갈래 외계의 혀가 신선한 입술이 초원에 고였다

가까스로 손 내밀어 만진 것은 삼릉석 어둡고 매끈한 표면

말의 내면은 백만 년 삭은 모래바람이었다

냉정한 숨결이 송연했다

행간마다 기록된 갈기의 연대기 페가수스의 비밀은 단단한 영하 더 깊은 눈발

나는 날카로운 부리에 은신한 무딘 혀

백만 년을 날아 새 떼는 캄캄하도록 갈기를 쪼았다

다시는 잠들지 않을 것 함부로 사구에 기대지 않을 것 구름의 협곡에 발 들이지 않을 것

공중 높이 발자국을 남기고 말들은 날아간다 말들이 말을 이끌어

아침을 지나 눈 쌓인 새벽 거슬러 지난밤 잉태한 우주의 끝 다시 백만 년 그 이후 또 백만 년

* MayBee의 노래. 'Abell 1689'는 처녀자리에 있는 거대 은하단.

118

야생동물보호구역

인류의 흔적을 피해

우리는 잠이 들고 우리는 이름을 벗고 우리는 서로 민감한 날들을 애무하면서 골목을 사랑했다 했을까 감나무 가지 사이 담벼락은 높은 어깨를 펴고

골목으로 들어가 우린 아이를 만들었다

별 하나 졌다

중력의 권위는 무시하기로 했다 사이렌 울고 감이 떨어졌다 뻔뻔하게도 우리의 맨얼굴에서 폭발하는 낙관들

저녁은 누군가의 왕궁 근처에서 먼저 저물었다

장터는 언제나 한산해서 우리는 옹알이를 하고

아이들은 내일을 팔러 다녔다 북적이는 야생의 거리를 하품하는 개가 지나가고

개의 체취를 핥아 사람이 지나가고 사람의 무덤이 재수 없다는 듯

아이들은 훌쩍 세상을 뜨고

탯줄을 끌고 굴러다니는 사람들 바글거리는 골목 안

그다음 기억 따위 뜯어 버리고

인류의 흔적을 피해 언제나 낱장인 우리 낱낱이
흩어지고 흩날리고
  별은 날마다 지고 또 졌다

꽃샘추위

　꽃 피었다기에 눈 멎은 줄 알았습니다만 엽총을
든 사냥꾼과 충직한 사냥개가 양지바른 곳 진을 쳤
는데 말입니다 그날의 비명을 혹 기억하시는지, 열
흘을 버티지 못하고 무너진 꽃대가 확실히 핏빛이었
는데요 몇 줄 불안한 볕은 배고픈 저녁을 두고 부리
나케 등 돌리던데요 바깥이 말할 수 없이 뜨겁다기
에 열 내린 줄 알았습니다 이름을 팔아 연명하는 바
람의 쇼핑은 여전히 번화합니다만 먼저 매 맞는 것
들만 가여운 갈수기 애써 없는 것처럼 계절은 흐르
고 몸살보다 저린 불빛이라니요 무더기무더기 소용
없는 목숨으로 저물다니요 저물어 녹물로 물들다
니요 생각 없는 온실 속 꽃들로 바깥은 평화로운데
요 그 밤의 자해를 혹 기억하시는지, 장난감처럼 소
모되는 아이의 눈빛을 거슬러 확실히 섬은 무너졌지
말입니다 한 나절을 버티지 못하고 눈은 내리고 사
냥꾼은 양지 건너편 자작나무 그늘을 경건하게 조
준했습니다 눈 녹았다기에 사람의 흔적도 끊긴 줄
알았습니다만

너의 목소리가 들려[*]

　그건, 봄이었어요, 언 가지를 도막 내는 그 냉랭한 목소리가 들려서요, 머리 하얀 남자는 칼을 들고 나섰구요 난 바지도 올리지 못했는데요 미친 오줌발은, 한숨처럼 산발한 여자를 혹시, 택시비 없이 도착한, 난 여기가 집이랍니다, 봉분을 메워 나긋나긋 저녁 연기, 곧 버스나 지하철이 머리맡으로 지나갈 예정인데요, 어머, 저 남자, 참 거시기하게 소심한, 넌, 제발 비명을, 난, 죽을 것 같아, 그저 봄이었을 뿐인데요, 가지마다 개나리처럼 소름 돋는, 차마, 그 냉랭한 목소리, 다리 밑에서, 이승을 부유하는, 더 깊은 다리 밑으로, 지린내 나는 얼음장에 목을 맨 목장갑의, 도도한 철길이 곧 가로지를 텐데, 들려요, 그, 달짝지근 치마를 잡아끄는 한숨이, 푸른 목소리의 눈매가, 칼을 빼앗긴 남자 머리 하얀 남자의 꽁꽁 얼어버린, 숨죽인 봉분이, 뒤통수를 갉아 먹는, 수상한 봄이, 택시비도 없이 도착한 봄이

[*] 델리스파이스의 노래 〈차우차우〉에서.

122

암흑물질

불쑥, 아침이다

규칙적인 발굽 소리 뿔 돋은 신의 행렬이 순서대
로 얼굴을 점령했다 잃어버린 얼굴이 떠돌고 있는 어
떤 거리

유령의 옷깃처럼 당신의 그림자

내 심장의 절반은 이미 피가 말랐다

검은 망토를 늘어뜨린 제사장은 젖은 치마를 노리
고 있었다 한낮의 빈칸에서 벌어진 일이었다 학살은
왈츠처럼 부드럽고 우아했다 바람은 뿔뿔이 흩어졌
다 빈칸을 굽이쳐 쏟아지는 자외선의 습격 많은 골
목이 흔적 없이 무너지고 더 높고 무서운 골목이 호
루스*의 이름으로 태어났다

괘종시계의 침묵이 빈번했다 시곗바늘의 효능은
적어도 내게는 빈칸이었다 갈림길마다 매복한 주술
을 떼어 씹는 호루스 잇몸이 부어올랐다 입술 밖으
로 넘쳐흐르는 어둠의 선혈 삭제되는 목소리들

아침의 아버지를 베어 골목 높은 담벼락에 내걸
었다

불쑥 소멸하는 아침을 다시는 깨어나지 못하는
아침을 당신은 미처 상상하지 못했을 것이다

목소리를 남기고 떠난 사람들이 복각음반 속에서
부활했다 제국은 무척 야위었다 앙상한 당신의 심장
처럼 내 얼굴에 겹쳐지는 당신의 얼굴 거기 어둠과
함께 움직이는
거대한
손

불쑥, 새 아침은 탄생한다 찬란한 당신의 환호가
수직 낙하하는 거기 잃어버린 얼굴이 불쑥 나타나
는 거기 부정형의 이빨들이 유랑하는 거기

반역의,

폐차장 근처

그곳에 꽃이 있는 건 놀라운 일이 아니다
지구 근처에서는 꽃은 늘 부산스러운 법이다 어둑
한 오늘이 서쪽으로 누운 탓도 아니고
자리를 잡지 못한 달의 불안한 공전 때문도 아니다
꽃잎은 세고
꽃잎의 색깔이 오늘의 방향을 결정하지 않듯
지구 근처에서는 눈물도 그리움도 사치다
높이 쌓인 자동차의 잔해가 다시 자동차가 된다
한들
주검 더미에서 밥을 먹는 오늘이 어제가 되고
밥이 내일을 끌어당긴다 한들
놀라운 일은 팽창하는 우주의 속도도 아니고
마침내 빅뱅 이전의 시원으로 귀환하는 우주도
아니고
꽃이 숨 쉬는 일
숨 쉬는 꽃이 나를 숨 쉬게 하는 일 부산스러워
너무 부산스러워
숨쉬기조차 귀찮아지는 일

그곳에 그대가 있어 잊혀진 나를 부른다 한들 혹
은 잊혀진 그대를 잊는다 한들

집으로

눈이 내린다
심장을 떼어주고 얻은 눈의 몸이 멍투성이다
잠깐 머물러 식욕을 채우고 떠나는
밤의 흔적 어딘가
도마 위 생선처럼 해체된 시간 어딘가
너덜너덜해진 이름들이 펄럭인다
집으로 가는 길은 늘 아슬아슬하다
이미 나는 어둠에 중독되었다
서쪽으로 나선 마음은 그래서
동쪽으로 돌아서지 못하고
집은 가까워지지 않는다 문신 같은 길
나는 밤의 식도를 따라 분해되고
거부할 수 없는 눈의 통증
시퍼런 식욕을 되새김질하는 어떤 나라에서는
마주치는 시선도 폭력이 되고
안녕
흔한 인사말도 흉기가 된다
안녕하지 못한 밤은 안녕하신가

몇 남은 살점을 뜯는 갈기 푸른 식욕을 지나
눈 감은 해후가 저기, 그림자를 포식하는 모퉁이
길
눈은 멎고 마지막 적선처럼 그믐달
위태로운 살기

근대를 위한 신학

네거리는 멀고 고개를 왼쪽으로 꺾은 채 아이는 잔다 분홍빛 양산을 든 엄마는 발랄하게 유모차를 밀고

분홍빛 위로 물드는 잠

꿈은 적당한 소금기를 제조하는 공장이어서 머리띠 없는 저녁은 끈적거리고

발 닿는 어디에서나 무지개를 양산하는 여왕의 분홍빛 궁전

아이에게서 떠난 두 눈은 붉은 진열대에 물들 텐데 투명한 차창이라면 잘록한 엄마의 잠과 곡선으로 치장한 아이를 흥정할 텐데

지구의는 둥글고 네모반듯한 세상은 왜 까마득한가

유령의 시선과 인간의 사유

정덕재(시인)

통증 말고도 그를 고통스럽게 한 것은 창밖에 펼쳐지는 전망 좋은 풍경이었다. 이 '아름다운 전망'을 견딜 수가 없어 그는 병실의 블라인드를 올리지 못하게 한 날들이 적지 않았다. 왜 그런 태도를 보이는지 그 이유를 그는 간단하게 정리했다. "아름다운 풍경을 견딜 수가 없소"

- 헤르베르트 플뤼게, 『아픔에 대하여』 일부

꽃이 가득한 곳에서 그를 봤다. 넓은 탁자 위에 작은 화분들이 많았다. 그의 가족이 꽃과 관련한 일을 하기 때문에 꽃은 늘 가까이에 있다. 짧은 정담을 나눴다. 그와 헤어진 뒤 스무 걸음이나 걸었을까, 뒤통수가 간지러워 돌아봤더니 그가 물끄러미 쳐다보고 있었다. 손을 흔들었다. 지난해 가을 아련하게 다가온 그의 모습은 액자 속 풍경으로 남아있다.

견딜 수 없는 풍경 때문에 풍경 안으로 들어가고 싶은 때가 있다. 아니면 풍경이 보이지 않는 곳으로 떠날 수도 있다. 그 풍경은 초록의 기운이 물씬 풍기는 깊은 숲이거나, 복잡한 도시에서 어깨를 부딪치며 계단을 오르내리는 군상이기도 하다. 멀찌감치 풍경을 바라보는 시선에 눈물이 배어있기도 하고, 때로는 시선이 매우 투명해 바람만 스쳐도 부서진다. 바로 앞에 펼쳐진 풍경의 감동 혹은 당혹스러움에 잠시 눈을 감으면 홀연히 나타나는 게 있다. 잔잔하게 스며드는 여운 같은 풍경을 견딜 수 없어, 아니면 고통스러운 풍경의 상처를 잊지 못해 다시 이승으로 돌아온 유령이 그들 중 하나이다.

깊은 눈빛으로 유령을

김시습의 소설 『금오신화』에 실려 있는 「이생규장전」은 귀신과 인간의 사랑 이야기다. 송도에 사는 이생은 글공부를 하러 다니던 길에 최씨 처녀와 시를 주고받으며 사랑을 나눈다. 이생이 최 소저를 연모한 나머지 시 몇 편을 기와 조각에 묶어 담 안으로 던졌다. 세 편의 시 가운데 하나이다.

> 무산 열두 봉우리에는 안개가 첩첩
> 반만 드러난 봉우리엔 울긋불긋 꽃 더미
> 양왕은 외로이 꾸었던 꿈 괴로워 내려놓으니

아마도 비구름 되어 양대로 내려오지 않겠는가

양왕의 아버지인 초나라 희왕이 선녀의 혼령과 사
랑을 나누었는데, 선녀가 희왕을 잊지 못해 아침에
는 구름을 저녁에는 비를 내렸다는 이야기를 모티브
삼아 지은 시다. 이 시는 귀신과의 사랑을 예감하는
분위기가 전해진다.

이생의 부모는 아들의 연애를 못마땅하게 여겨 꾸
짖었고 급기야 이생은 멀리 떠난다. 최 소저는 상사
병에 걸려 누웠고 그 사연을 안 부모가 이생의 집에
혼인을 청한다. 처음에는 반대를 했지만 마침내 혼인
을 해 행복한 인연을 이어간다. 하지만 신축년에 홍
건적이 쳐들어와 가족들이 모두 죽고 부인 최씨는
적들에게 겁탈당하지 않으려다 죽게 된다.

슬픔에 잠겨 있는 이생 앞에 부인 최씨가 나타나
는데 이생은 혼령과 사랑을 나누며 다시 살아간다.
그러던 어느 날 부인 최씨는 자신이 다시 돌아갈 때
가 됐다고 말한다. 지금까지 인연은 옥황상제가 죄
없이 죽임을 당한 자신의 혼을 달래주려고 특별히
이승에 보내준 것이었다.

이생과의 인연이 끝난 부인 최씨는 다시 저승으로
떠나고 이생은 그녀의 유골이 묻혀 있는 곳을 찾아

가 부모님 곁에 묻어준다. 장례를 치러준 지 몇 달 뒤 이생은 그녀를 그리워하는 마음에 그만 병에 걸렸다.

　이정섭의 시집 『유령들의 저녁 식사』 원고를 받아보고 맨 처음 떠오른 이야기가 「이생규장전」이었다. 이 소설의 제목을 풀어보면 '이생이 몰래 담 안을 들여다 본 이야기'라고 할 수 있다. 이정섭은 인간 안에 들어 있거나 함께 살아가는 유령을 들여다 본다. 몰래 살피지 않고 당당하게 본다. 시집 전체가 유령과 함께 움직인다.
　유령은 떠돈다. 떠도는 것만으로 유령의 정체성을 규정한다. 떠나지 못해 떠도는 것은 집착과 미련, 그리고 그리움 때문이다. 유령은 정한, 원망, 원한, 복수 등 다양한 감정을 갖고 있다. 이런 감정 앞에는 '깊은' 이라는 수식어가 동반된다.
　깊은 그리움과 깊은 원한 관계의 설정 없이 떠돌 수 없는 일이다. 죽어서도 죽지 못하는 형국은 먼저 구천을 떠돌게 한 대상과의 관계에서 찾아야 한다. 이생과 나누었던 사랑을 잊지 못해 다시 이승으로 돌아온 최씨의 경우 한계점이 예고된 사랑을 나눈다. 그래서 더욱 절절하다.

이정섭의 유령은 상처를 안고 있어도 적대적이지 않다. 그의 유령은 짙은 회색의 우울이지만 정이 들면 농담을 나눌 수 있는 성격을 갖고 있다. 다만 농담을 드러내기에 아직까지 색이 짙다. 그의 시에 유령은 도처에 있다. 유령은 살아 움직이는 주체이기도 하고 멀리서 지켜보는 관찰자가 되기도 한다. 가엾은 희생을 보는 시선은 아프다.

늦은 봄날 보름달이 하현으로 기우는 밤, 여자의 머리채를 휘어잡은 남자에 의해 잉태한 아이는 세상을 보지 못하고 이승을 떠난다. 죽음은 예고되지 않았지만 폭력은 함께 잉태되어 있었는지 모른다.

풀뿌리 뽑혀 나간 텃밭에는 자리공이 시절이었다
공중 부양한 밥상이 냄비와 밥그릇과 결별을 선
언한 후 결별이 잉태한 달빛들이 텃밭 근처로 하얀
나신을 집어던졌다
아마 신선한 새벽이었을 거다
사랑으로 이룰 것 하나 없으니 주저 없이 칼을
뽑았다
눈 감은 하늘은 어둠으로 위장한 한낮의 뒤에서

바야흐로 절정에 이른 스펙터클을 관람하는 중이
었다. 첫 아이의 울음이 대문을 넘어 하늘의 머리
맡을 지나 공동묘지로 날아가는 중이었다

- 「그 나라」 부분

이생과 최씨와의 관계만큼은 아니더라도 여자의
머리채를 잡기 이전까지 남자는 여자와 사랑을 나
누었을 것이다. 시를 써서 담장 안으로 넣는 낭만의
남자를 기대했던 것은 아니다. 적어도 생명을 지키
는 최소한의 양심은 가진 줄 알았다. 하지만 밥상을
팽개치는 상황은 현실이었다. 갈등을 중재하는 이는
없었고 남자는 상대적으로 강한 힘을 갖고 있는 하
나의 폭력이었다. 마을과 이웃은, 사회와 국가는 그
들의 관계를 그저 관람의 수준으로 바라보고 있었
다.

그나마 다행인 것은 세상을 보지 못한 아이가 간
곳이 공동묘지라는 점이다. 여럿의 혼령들이 잠들어
있거나 깨어나 집단으로 떠돌고 있는 곳이기에 세상
구경도 못한 저승의 어린 영혼은 유령을 통해 위안
을 얻을 수 있다.

이정섭의 시에서 자주 등장하는 유령은 도전적이

지 않다. 인간과의 관계에 깊이 개입하며 상처를 어루만진다. 유령은 스스로 치유하는 능력을 가진 것은 물론 대상의 고통을 다스리는 힘을 지니고 있다. 때로는 그 실체가 세상을 지키는 존재로 부각되기도 한다.

> 며칠째 고양이 울음소리가 들리지 않는다
> 흘레붙던 개들은 가고 늦은 밤을 넘나들며 벽을 할퀴는 고양이의 시간
> 그늘에 담으려 했던 장면들이 쉽게 소멸하는
> 어깨에서 흘러내리는 불빛이 실은 앞서간 유령의 피라는 것
> 깨닫자 출구 없는 광장이다
> 미처 사랑하지 못한 순간들은 알게 모르게
> 검은 어항에 숨겨지고
> 영지 틈에 깃들어 사는 사바나가 얼마나 아름다운지
> 울음을 갖춘 흑마술의 공격을 피해 고양이는 지하로 귀환한 모양이다

- 「당신의 시선 밖에서」 부분

이정섭은 고양이의 부재가 부적의 시대를 낳는다
며 세상 밖에서 응시하는 고양이를 노래한다. 그에
게 있어 고양이는 단순한 반려동물이 아니라 인간과
함께 사는 하나의 종족이다. 존재를 감춘 고양이로
인해 '미처 사랑하는 못한 순간'들은 숨겨졌다. 고양
이의 부재를 예고한 것은 악령의 흑마술이다.

흑마술은 전통적으로 악의적인 성격을 갖고 있다.
그것은 상대에 대한 저주가 가장 큰 핵심적 요소이
다. 이를 위해 초자연적인 힘을 이용한다.

조선왕조실록의 「광해군일기」에는 고양이를 이용
한 흑마술의 이야기가 실려있다. 내용의 일부이다.

> 김응벽에게 문초하기를,
>
> "목릉에다 산 고양이를 묻고 흉측한 짓을 한 절
> 차에 대해 모두 문초하도록 하라."
>
> 하니, 김응벽이 공초하기를,
>
> "지난해 3월에 한 상궁이라고 하는 사람이 주
> 관하여 했다고 하였습니다."
>
> 하였다. 왕이 이르기를,
>
> "목릉의 어느 곳인가? 그리고 어떤 무당과 하였
> 는가?"
>
> 하니, 그가 공초하기를,

"고양이는 능의 앞 계단에다 묻었고 저주한 여
자 무당은 고성입니다."

왕자의 출세를 막기 위해 흑마술을 동원하는 과
정에서 산 고양이는 죽임을 당했다. 이정섭의 고양
이가 악령을 피해간 이유는 '먹이 따위에 길들여지
지 않는 야성의 망토를 두르고' 당신이 사는 세상을
바라보기 위해서이다. 그의 시에서 악령을 쫓아내는
주술적 성격이 묻어나는 장면이다. 다만 '귀환'이라
는 표현에서 암시하듯 흑마술이 지배하는 세상은 길
어진다. 다시 돌아올 수 없을 만큼 강력한 악의 세상
에서 고양이는 미약한 존재를 지키며 시선 밖에 머
물고 있는 것이다. 악령과의 관계는 생존의 문제이기
때문에 그렇다.

오렌지 향 아래 너는 집요한 내일을 들려주었다
갓 데운 얼굴이 눈 붉혔지만 너의 혀와 나의 혀
는 서로 다른 위도를 갖보곤 했다 항로가 궁금한
건 내가 아니라 나를 둘러싼 목소리였으므로 나는
버뮤다에 남겨진 이름이었으므로
(중략)
식탁에 앉아 눈 붉힌 얼굴을 탐문하는 손님들

배부르는 건 그들이었으므로 나는 적란운 근처를
떠도는 이름이었으므로
　오렌지 향 아래 잠들면 당신과의 풋사랑 후에
차갑게 요리되어 나는
　잠들면

- 「유령들의 저녁 식사」 부분

　이정섭은 고양이의 제물처럼 유령들의 식탁에 올
라오는 시적 자아를 능청스럽게 쳐다본다. 잔인한
장면이 등장하는 19금 영화처럼, 소시오패스의 시신
톱질처럼 난도질 당한다. 하지만 "적란운 근처를 떠
도는 이름"이었기 때문에 유령들이 사는 왕국에서도
당당하게 요리된다.
　적란운은 계속해서 상승하는 불안정한 공기로 인
해 발달하는 특징이 있고 대기를 뚫고 매우 높은 고
도까지 솟아오른다. 시적 자아는 구름 근처를 떠돌
고 있는 게 아니라 스스로 구름이 되고 있다. 풋사랑
을 즐기는 감정은 구름 위에 누워있는 쾌락이다. 누
구나 유령의 존재로 다가가는 시간을 보낸다. 유령들
의 저녁 식사 자리에 참석한 그가 유령의 입맛을 어
떻게 파악했을지 궁금해진다.

마사 누스바움은 『시적 정의』에서 휘트먼의 유령
을 언급하며 다양성의 중재자로서 시인의 역할을 설
명한다.

> 월트 휘트먼은 1867년에 "온타리오의 푸른 해
> 변"에 서서 "전쟁의 시대와 돌아온 평화, 그리고
> 더 이상 돌아오지 못할 죽은 자들에 대해" 깊이
> 생각했다. 그리고 그가 사색에 잠기는 동안. "거
> 대하고 위대한 유령"이 미국의 공적인 삶에 시인
> 이 필요하다고 하면서 "단호한 표정으로 그에게
> 말을 걸어왔다.

- 『시적 정의』 일부

휘트먼의 '유령'은 "재판관이 재판하듯 판단하지
않고 태양이 무기력한 것들 주변에 떨어지듯 판단한
다"는 문장에서 알 수 있듯 논쟁자가 아니라 재판관
으로서의 시인을 말하고 있다. 다만 재판관은 마사
누스바움의 지적처럼 당대의 많은 재판관들과 다른
방식이고 그렇기에 시인은 재판관이 재판하듯 판단
하지 않는다고 설명한다. 물론 재판관이 가져야 할

능력과 자질도 중요하지만 "어떻게 공상이 작동하는지 물어야" 한다고 말한다.

이정섭의 시에서 자주 등장하는 유령의 존재는 재판관의 성격을 갖고 있다 저녁 식사를 하는 유령들이 차가운 요리를 먹는 것도 재판의 과정이다. 그는 존재를 규정하는 것들의 정체성에 질문을 던지며 수많은 유령들을 호출한다.

어쩌면 그는 수많은 유령들과 마주앉아 손가락마디로 만든 안주를 놓고 소주를 마셨거나, 머리카락으로 만든 스파게티를 먹은 유일한 시인인지 모른다. 양념손가락 하나 추가요, 이러면서 말이다.

모두의 영혼

이정섭은 사물의 영혼을 꼼꼼하게 들여다보는 눈을 갖고 있다. 긴 겨울을 지난 개나리가 자신의 생명이 붙어있는지 물어보는 대목에서는 노란 핏빛을 가진 영혼이 떠오른다.

> 긴 겨울 지나 나는, 죽었을까요, 살았을까요, 겨울과 겨울 사이 잠깐 눈 붙인 여인숙에 미량의 체취, 남았을까요, 밑줄 긋던 밤 지나고, 또박또박 침 발라 헤아리던 봄날은 왔는데요, 자생하는 들꽃은

상징이라는 새빨간 거짓말, 봄볕은 사실 죄다 아스
팔트에 꽂히는 걸요, 곰팡내 깊은 여인숙 담요 아
래 버려두고 온 겨울은 아직 꼬물거리는데요, 이렇
게 샛노란 꽃, 피워도 되는 건지, 화냥기 없는 꽃 어
디 있을까요, 나는 당신의 이름을 유혹하는 리틀
미스 노 네임, 나긋나긋 물기 오른 입술이, 갖고 싶
지 않나요, 깍지 낀 당신과 나의 봄날, 침 흘리는
꽃가루를 받아, 내일이면, 저기, 우직하게 자라는
어둠의 습지 긴 빙하의 품안, 활짝 열린 짐승의 미
래로, 뛰어들 우리, 나른한 관성 사이로 강은 흐르
고, 아무튼, 짧은 봄 지나 당신은, 살았을까요, 죽
었을까요

- 「개나리가 묻다」 전문

자연을 대상으로 하는 폭력적인 개발을 말하지
않더라도, 야생의 식물이 제 뿌리를 온전히 내리기
어려운 세상이다. 재앙의 수준으로 도달한 기상이변
도 결국은 인간이 그동안 저질러온 악행을 돌려주는
과정이다. 여기에서 개나리의 삶과 죽음을 묻는 것
은 근원적으로 우리를 향한 질문이다. '깍지 낀 당신
과 나의 봄날'은 함께 살고자 하는 봄날이지만, '어둠

의 습지'나 '긴 빙하의 품안'으로 들어가는 게 피할
수 없는 현실이다. 설령 그 현실을 견뎌 살아났다고
해도 기다리는 세계는 '짐승의 미래'인 것이다.

그는 영혼의 시선으로 사물을 바라보고 있지만
그 또한 신뢰하지 않는다. 통찰 자체를 부정하고 있
다.

> 통찰이라는 거
> 믿지 않는다 건너편 하이마트 강화유리에는 내
> 가 사랑하는 그녀가 노을과 부둥켜 문자를 보내오
> 고 나는 손가락 권총을 발사한다
> 생각 많은 소년이 폼 잡고 앉은 종이 상자에는
> 가랑이에 머리를 처박은 로댕
> 나비를 꿈꾸고 있다 나비가 날개를 펴면
> 메시지를 받아줘 서역의 이마에 별이 뜨고 저
> 별이 지면 전두엽을 자극하는 통찰이라는 거 깊이
> 있는 시선이라는 거
> 근시인 골목 밖으로 달아났다 까까머리 소년이
> 혼자 남아 저녁을 부를까 아마 부르겠지만

> - 「저녁을 돌아보다」 일부

'손가락 권총으로 저격당한' 그녀가 응급실로 간다. 그는 총알을 뽑아 '다시 심장 한가운데' 심고 총알은 묘목으로 말랐지만 '수련의의 수련복에 잔뜩 돋아난 잔뿌리'로 인연을 이어간다. 결국 서로가 엉켜있는 고구마 넝쿨처럼 질긴 관계를 맺고 있으며, 여기에서 시인은 존재의 고통을 끊임없이 강조한다. 그렇기 때문에 '땅에 묻혀야 비로소 누리는 호흡의 자유를, 믿는다'고 말한다.

시인은 바라보는 통찰은 믿지 않지만 후각을 통한 통찰은 신뢰한다. 그의 첫 시집 『유령들』의 해설을 쓴 문학평론가 이민호 씨는 이정섭의 후각적 충동을 민감하다고 분석한 바 있다.

이 충동은 현실에서 채울 수 없는 어떤 것을 상징한다. 그러나 그가 이 세상에서 맡았던 냄새의 근원은 배설물이다. 인간이 쏟아낸 악취는 시인을 절망에 빠뜨리지만, 다른 한편으로 스스로를 체험하는 순간이기도 하다.

-시집 『유령들』 해설 일부

10년 만에 묶은 두 번째 시집 『유령들의 저녁 식

사』에도 후각적 이미지는 곳곳에 등장한다. 그것은
그가 10년 동안 유령의 시선을 갖고 있다는 증거이
다.

　　함부로 긴 팔짱에서 잊고 있던 레몬 냄새가 난
다

- 「우리는 연인처럼」 일부

　　러닝셔츠가 얼룩덜룩 말라붙은 네거리 파출소
를 돌아 잔뜩 기울어진 모퉁이를 몰고 가는 자전
거 거기 없는 아버지는 땀을 흘린다 그러므로 균형
잃은 아버지의 땀내는 필연이다

- 「미시적 결론」 일부

　　피뢰침의 거취가 궁금한 나는 버릇처럼 창문
을 열었지만 너의 관심은 날카로운 후각을 가진
다랑어

- 「그녀에 관한 독해」 일부

누군가의 손바닥이 저녁을 스치면 나는 계단 위로 달
아난 손금을 추적합니다 저녁의 향기는 투지를 불사르는
마타도르의 물레타였습니다

- 「론다의 황소」 일부

기체 상태의 물질에 자극하는 감각이 후각이다.
기체 분자가 공기의 흐름에 따라 움직이고 거기에
후각은 반응한다. 시인이 '후각적 충동'에 민감한 이
유는 기체가 '떠돌기' 때문이다. 유령은 본질적으로
떠도는 존재이기에, 바람처럼 나타났다 바람처럼 사
라진다.

그의 시 전편을 관통하는 유령이 후각 이미지와
결합되어 시는 더욱 떠도는 세상의 존재를 부각시킨
다.

유령과 함께, 인간과 함께 저녁 식사

첫 시집 『유령들』에 이어 두 번째 시집의 제목은
『유령들의 저녁 식사』, 아마 세 번째 시집이 나온다
면 "유령들의 심야 산책"이나 "연대하는 유령들의 혁
명"쯤 되지 않을까 싶다. 유령의 탄생은 죽음과 함께
시작된다. 삶이 사람이라면 죽음은 유령이다. 하지

만 유령의 삶을 그리고 있는 사람이 있으니 삶과 죽음을 분리할 수도 없는 일이다.

죽은 자를 생각하고 기리는 일은 동서고금의 신화와 전설 그리고 역사에 수도 없이 등장한다. 그 방식 또한 다양하다.

조선시대 사람 남극관이 수봉이라는 머슴의 죽음을 슬퍼하면서 지은 시가 있다. 수봉이란 머슴은 20세에 세상을 떠났다. 남극관도 젊은 나이인 26세에 병을 이기지 못해 세상을 떴다. 둘다 청년의 시절에 저승으로 갔다.

> 20년간 인간 세상에서 유회하다가
> 하루 저녁에 태극천으로 돌아가 쉬는구나
> 가는 길에 왕백귀를 만나거들랑
> 그대가 구름 안개 거느리겠다 말하려무나

이 시에는 천한 머슴의 신분으로 살다가 저승의 편안한 쉼으로 가기를 바라는 마음이 잘 담겨있다. 수봉이 저승에서는 구름과 안개를 거느릴 만큼 자유롭고 능력 있는 유령이 되길 바라고 있다. 유령의 존재는 초자연적이다. 그래서 많은 이들의 삶을 들여다보고 관여하는 것이다. 또한 모든 유령이 이승의 고통을 벗고 저승에서 자유롭게 살기를 바라는 것은 공통적인 희망이다.

이정섭이 유령에 천착하는 이유도 자유로운 희망을 기대하기 때문이다. 그는 구름과 안개를 거느리고 이승에 돌아오지 않는 유령의 꿈을 꾼다. 아직 갈 길이 멀기에 고통스럽지만 말이다. 많은 이들이 유령의 꿈을 입 밖에 내는 걸 꺼려해도 운명처럼 다가오는 또 다른 존재의 전이는 피할 수 없는 노릇이다.

그는 이 시집에서 유령을 통해 '죽음이 스며있는 우리의 삶'을 진지하게 돌아보라는 주문을 건다. 이정섭이 들려주는 주문에 귀를 기울이면 우리는 인간의 사유가 갖고 있는 많은 오류를 만날 수 있을 것이다. 물론 오류투성이의 삶이 이승의 현실인 걸 어쩌지 못하지만. 이 시집은 유령을 알 수 있는, 유령의 시각과 후각을 배우는 안내서로도 충분하다.

유령들의 저녁 식사

2018년 10월 30일 1판 1쇄 펴냄

지은이	이정섭
펴낸이	김성규
책임편집	김은경 조혜주
디자인	진다솜
펴낸곳	걷는사람
주소	서울 마포구 월드컵로16길 51 서교자이빌 304호
전화	02 323 2602
팩스	02 323 2603
등록	2016년 11월 18일 제25100-2016-000083호

ISBN 979-11-89128-06-7 04810
ISBN 979-11-89128-17-3 (세트)